媽媽的手

人物介紹

許佳美　十四歲

個子嬌小、皮膚白皙，是個善解人意的女孩。

曾雅香　佳美的媽媽　三十九歲

天生沒有手掌；二十二歲就結婚，三年後生下佳美，二十七歲時丈夫另結新歡，但從沒讓佳美知道爸爸不在的真正原因。經由里長和區長的介紹，在社區型廣播電臺工作，節目內容是廣播小說，柔和溫暖的嗓音給人療癒的效果。

張雨庭　佳美的同班同學　十四歲

家庭背景富裕；略為咖啡色的膚色加上比同齡小孩高出許多，給人一種很健康的感覺，但是性格封閉內向，沒有特別要好的朋友，一整天可能沒跟同學說上幾句話。

熊叔叔　佳美的鄰居　四十二歲

廣告公司的主管，對佳美和佳美媽媽很關心，也願意提供幫助。

陳明誠　佳美的好朋友　十四歲

纖瘦蒼白的男孩，有些弱不禁風，喜歡做手工藝品。

婆婆　七十歲

很神秘，衣著外觀總是乾淨典雅，每個月來家裡一次，每次好像都很想和佳美說話，但是媽媽都會把佳美支開。

劉諺齊　十七歲

理著平頭的高大男孩，和佳美住在同一個社區，離佳美家只有兩條街，和奶奶相依為命，是鄰里口中努力上進的好孩子。

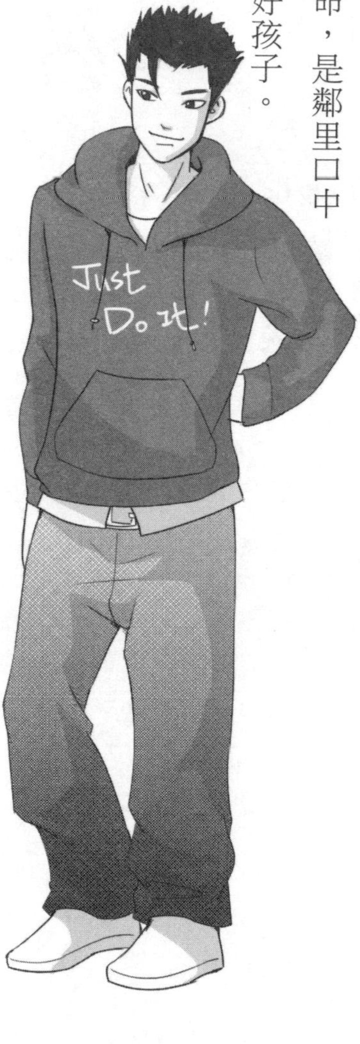

目次

01。佳美的家庭聯絡簿

天很藍，正午的陽光將學校頂樓的磚紅地磁磚曬得微微沁出熱氣，頂樓有個儲藏室，佳美就坐在儲藏室屋簷的遮蔭下，白皙的雙頰還是給熱氣薰得紅通通的，膝蓋上放著便當，噘著嘴，不耐煩的望向樓梯口，偶爾一陣清風才能為出汗的身體帶來些許涼透的感覺，風一過，熱感又在空氣中將人包覆。

突然，有個身影出現在樓梯口！

「陳明誠，你終於出現了！」佳美等得有些無奈，語氣夾雜一絲抱怨。

明誠是個纖瘦的男孩，手上拿著便當，小跑步到佳美身邊，歉意的笑容反倒是調皮的感覺多一些。

「唉唷！妳知道我媽媽都會在聯絡簿上面跟老師溝通，老師就會找我去討論嘛！」明誠邊說邊用手背抹去額頭上的汗。

「我知道啊！可是你今天特別久，早知道我就在教室等你，再一起來頂樓了。」

「好啦！反正這邊風景很好，別在意了啦！」明誠打開便當，又是讓佳美

羨慕的菜色。

「哇！你今天的便當是你媽媽的招牌菜耶！苦瓜鑲肉！」

佳美和明誠每天中午都會一起到頂樓吃便當，不管是溽熱的夏天還是寒風刺骨的冬天，在儲藏室屋簷下的小小角落，分享了彼此四季的心情成長。佳美訂的是學校的便當，雖然營養均衡，但是用料和口感都只能算是普通；明誠的便當是媽媽做的，但是明誠的兩個阿姨也住在附近，常常到家裡一起分享各自的拿手菜或新學的菜色，明誠的便當也因此美味又有多樣變化。常常明誠都會讓佳美嚐嚐自己便當的口味。

「我媽做的苦瓜鑲肉是很好吃，可是其實我覺得我媽做的菜，每一種都是拿手菜耶！哈哈！不要客氣，夾去吃啊！」明誠好不得意，臉上滿是被全心照顧的光采。

「佳美，妳媽媽在電台工作，不是下午三點才要到電台準備嗎？幹嘛不做便當給妳呀？」

「我媽媽……也很會做菜啊！可是，我不想要她太累，希望她有時間就可以休息；而且媽媽做廣播小說，需要很多靈感跟思考，所以就算不用去電台，也是要思考和工作有關的內容。」佳美用筷子翻攪自己便當盒裡的番茄炒蛋，沒有去夾明誠的苦瓜鑲肉。

「也是啦！可是妳媽媽也未免太專注工作了吧？妳今天又被老師唸說聯絡簿沒有簽名了，妳是不想讓妳媽媽看到妳歷史考七十幾分喔？」

「才沒有咧！我媽媽不會因為我考試成績罵我，她真的很忙啦！哪像你媽媽每天都寫好多話給老師，你今天又被老師找去討論什麼了？」在同學朋友面前，「媽媽」是個很敏感的話題，因為佳美不希望大家知道自己的媽媽沒有雙手。

「我跟我媽說我想學工藝，我媽就寫在聯絡簿上問老師的意見；老師剛剛就問我對手工藝品有多大的熱情、會不會繳了錢又只上幾堂課。」

「那種課很貴耶！每堂課都要材料，而且如果要成品的質感好，材料也不

能買太便宜的，你媽媽願意讓你去上喔？」

「我媽是不反對，但是她還是希望老師幫忙檢視一下我的決心。哈哈！有時候也會覺得我媽幹嘛什麼事都跟老師講，但反正我是真的很有興趣，所以也不怕老師怎麼問我囉！」明誠的眼神中有著一種堅定。

「你上次做給我的串珠手鍊真的很美！你去上課之後，就會變得更厲害了耶！」幾個月前，明誠送了一條自製的手鍊給佳美，紅色剔透的珠子、串成花的圖樣，間隔著綴上幾顆淺粉紅的塑膠鑽，最後用粉紅緞帶綁成蝴蝶結收尾，非常精緻。

「你說那條紅色的手鍊喔？其實那條做得有點失敗，最後收線沒有收好，可是書上沒有講得很清楚，所以我才想去上課，直接聽老師說比較清楚。」

「你以後想當設計師吧？我覺得你的興趣和專長已經表現得很明顯了。」

佳美到現在都不知道自己以後到底想做什麼呢！

「以後嗎……，不知道耶！我就是現在很喜歡，可是，不知道有沒有可能在社會上和其他人競爭，畢竟我至少要能把自己餵飽啊！」

佳美忍不住想，連明誠這樣有明確的興趣領域、家裡也採開放態度的人，對未來還是有不安和未知；而且社會上好像大多數的人做的都不是自己喜歡的事情，那麼自己呢？自己的未來到底應該怎麼辦呢？而且突然想到媽媽，媽媽有沒有可能想做其他事情，電台的工作其實不是她最熱愛的呢？還是媽媽根本沒有得選擇？

明誠則是只想專心在當下，只要做好每一個環節，未來每個階段會遇到的問題，未來再解決吧！

陽光燦爛，在學校的頂樓，佳美和明誠互相參酌夢想、分享未來，一直到午休鐘聲響起，才一起起身走向教室。

放學後佳美往諺齊哥哥家的方向走著，夏天日落得晚，日光還帶了一些微微的橙色。

今天一定要諺齊哥哥在聯絡簿上簽名了！佳美暗暗想著，但是諺齊哥哥就要升上高三了，晚上的補習變多了，常常又要跟同學討論功課，佳美實在也不好意思太打擾諺齊哥哥。但是畢竟這麼多年來，佳美的聯絡簿都是諺齊哥哥簽的，功課也都是諺齊哥哥在指導，突然要改掉往諺齊哥哥家跑的習慣也有些困難；再加上諺齊哥哥和奶奶住在一起，劉奶奶的手工包子真是太好吃了啦！實在忍不住要去吃劉奶奶做的包子嘛！

佳美越想越嘴饞，便快步跑向就在下一條巷子的劉奶奶家。

「劉奶奶！我是佳美！」劉奶奶家的大門是漆成紅色的木門，門兩旁有低矮的花圃襯著白色的欄杆，佳美隔著欄杆望進院子裡，高聲喊著劉奶奶。

「來囉！來囉！」劉奶奶愉快的從屋子裡走出來，單是聽見佳美的聲音就忍不住滿臉笑容。

院子裡有一張折疊式大木桌，上面擺滿切割好的麵糰，劉奶奶手上拿著一塊濕布，幫佳美開門之後，把濕布蓋在麵糰上。

「在醒麵了！劉奶奶，我等一下要幫妳切配料！」佳美常常幫忙劉奶奶做包子，雖然只能幫忙一些比較不會出錯的步驟，但是看久了，佳美大概知道包子製作到什麼階段了。廚房空間小，所以部分製作過程會在院子進行，麵糰切好之後要靜置約四十分鐘，讓麵糰「醒」過來，這時候要蓋上濕布，麵糰才不會乾掉。

「呵呵！佳美好乖！可是劉奶奶希望妳先把功課寫好喔！諺齊哥哥等一下就回來了。佳美今天在學校有什麼事要跟劉奶奶說呀？」

「今天陳明誠又被老師叫去討論了啦！」佳美幫奶奶注意麵糰沒有蓋到濕布。

「他又怎麼啦？好了，先進來坐吧！」

為了省電，劉奶奶客廳只開一盞燈，隨著日光漸弱，客廳顯得有些昏暗。但是怕劉奶奶走路絆到東西，諺齊哥哥總是把客廳整理得很乾淨整齊，所以略暗的燈光並不讓空間顯得老舊髒亂。

劉奶奶因為年紀大了，不能坐太軟的沙發，對骨頭沒有支撐，坐下去之後也不好起身，所以客廳擺的是藤椅；藤椅有一種淡淡的自然氣味，在夏天有靜心消暑的效果，佳美很喜歡！唯一的缺點是，籐椅上的紋路會印在肌膚上，佳美有次在椅子上睡著了，一直到回家才被媽媽問，怎麼臉上都是印痕，真是好糗！

「手工藝課呀？唉唷！學那個要做什麼呀？」

佳美把今天中午和明誠的對話告訴了劉奶奶。

「以後可以做東西去賣呀！明誠真的很厲害耶！」

「好貴的課呀！明誠媽媽是不是太寵他啦？男孩子怎麼老愛碰女孩兒的玩意呢？」

「可是，我有點羨慕明誠知道自己想要做什麼……」

「不要緊！很多事情急不得，妳以為劉奶奶年輕時候就知道自己要做包子賣嗎？呵呵！妳這傻孩子，擔心什麼呢！」劉奶奶摸了摸佳美的頭，一個十四歲的孩子為了未來皺起眉頭，在劉奶奶眼中真是又早熟又傻氣呀！

院子傳來開門的聲音，是諺齊哥哥回來了。

「佳美，妳來了呀！」諺齊哥哥個子很高、理著平頭，聲音很爽朗乾淨；總是很斯文的對待每一個人，當然最是照顧和自己相依為命的奶奶了。

「那奶奶先去忙，諺齊你先跟佳美去做功課吧！」奶奶語畢便轉身進廚房張羅做包子所需的材料。

佳美第一件想到的事情就是聯絡簿！

「諺齊哥哥，我今天又被老師唸了啦！」佳美把聯絡簿攤開，連著三天的簽名欄位都是空白的，被老師用紅筆寫上問號。

「佳美，諺齊哥哥真的是越來越忙了，可是，妳真的還是不願意跟老師說媽媽的狀況嗎？」

諺齊當時因為佳美的苦苦哀求、加上不知道要怎麼幫助一個小女孩去理解及面對一個天生有肢體殘缺的母親，才會答應佳美幫她簽聯絡簿。可是隨著佳

美漸漸長大，諺齊總覺得遲早要讓佳美成熟的面對這件事情。

「可是這麼多年都是這樣啊！沒有必要改變嘛！」佳美對這件事情很鴕鳥心態，只希望諺齊哥哥繼續幫忙就好，反正也沒有人有機會去發現自己的媽媽天生沒有雙手。每年的家長會佳美都跟老師推說媽媽太忙碌；遇到運動會，也跟媽媽說自己沒有參加比賽，要媽媽不用來。

「唉！妳總有一天要長大、要面對這件事啊！」諺齊很擔心自己會從幫助佳美變成阻礙佳美長大的原因。

「我知道、我知道啦！你就先幫我簽名嘛！等我上高中，換了新老師，我就會跟老師說，不然現在老師就會知道我一直都在騙他啊！」

「誠實」不是學校一直在教導的觀念嗎？佳美是老師眼中誠實的好孩子，怎麼樣也不可能主動向老師戳破自己的謊言，讓自己變成一個撒謊的壞孩子。

「妳說的喔！等妳上了高中，諺齊哥哥就不幫妳簽聯絡簿了喔！」諺齊的語氣有些嚴肅。

「嗯！我是說真的。」佳美說得堅定，但是心裡根本不確定到時候是不是真的敢跟老師坦白，比較多的因素還是只想先解決眼前的狀況，先讓諺齊哥哥願意繼續幫自己簽聯絡簿。

明天又要歷史小考，諺齊稍微幫佳美惡補了幾個歷史觀念，劉奶奶一如往常很熱情的要佳美多帶幾個包子回去和媽媽一起吃。

離開劉奶奶家之後，佳美去電台找媽媽一起吃晚餐，晚餐時間不長，因為媽媽的廣播節目八點就要開始了。

佳美真的很喜歡媽媽，可是自己也不知道為什麼在某個程度會不敢面對媽媽肢體殘缺的事實。這樣代表自己其實不愛媽媽嗎？還是代表自己根本不是善良的人？這些問題在佳美的腦袋裡斷續的出現已經有好幾年了，但是始終都沒有答案。

02.
月光故事

佳美媽媽平常下午三點就要進電台做準備工作，六點半到七點半是用餐時間，之後就要進電台準備八點開播的節目了。

佳美通常會和媽媽到電台附近吃晚餐，附近的店家多半都已經認得佳美母女，這間會招待一盤小菜、那間香菇雞湯可以續碗。本來佳美媽媽對此感到很不好意思，有時都會刻意和佳美到離電台遠一些的店家吃飯，時間就變得很緊湊，尤其佳美媽媽吃東西的速度又沒辦法太快，所以之後就讓佳美先在到電台的路上買好晚餐，帶到電台一起吃。

本來這也是不錯的方式，直到有次雨天，佳美買了兩碗熱湯麵，撐著傘快步往電台方向走，磚石交錯鋪排的人行道卻不甚平整，其中一塊磚翹了起來，佳美一個不小心被絆倒，塑膠袋被壓破、湯料全都灑在地上也就罷了，佳美兩隻前臂也被燙傷。

那天晚餐，佳美媽媽只能倉促吃著臨時隨意買的麵包，節目開錄在即，只好請熊叔叔帶佳美去看醫生。

佳美媽媽在錄音室一邊對著麥克風緩緩講述故事，心裡一邊著急佳美的情況，隔天就有許多聽眾反應，怎麼前一晚的「溫柔嗓音」這麼焦躁？

就這樣各種吃飯的模式繞了一大圈，為了不讓意外再發生，母女倆還是到電台附近吃晚餐了。

其實店家都知道「月光故事」的主持人就是佳美媽媽，說是這樣的故事陪伴他們每個晚上，招待一些小東西不算什麼。

時日一久，兩人才慢慢用感謝的心接受大家對自己的好，佳美媽媽也對廣播故事投注更多感情，因為自己的廣播小說有很多人每天都在關心進度，刻劃進好多人的心裡，具有了一定程度的社會道義感。

佳美走到電台門口的時候，媽媽正和警衛寒暄。

「李伯伯好！」佳美和警衛熟稔的打了招呼。

「唉唷！佳美來了，要來和媽媽吃晚餐了呀？」

李伯伯有著啤酒肚，電台警衛的制服總是被繃得老緊。尤其李伯伯有著開朗性格，時常大笑，笑得喘不過氣時，一呼一吸之間，制服鈕扣都像要繃開彈射出來似的，模樣很是逗趣，常常惹得人發噱。

李伯伯則會以為是事情真的很好笑，便會笑得更起勁，鈕扣又似乎更加扣不住制服，和周遭人的反應形成一種有趣的循環互動。

「對呀！李伯伯吃飯了沒？」

「吃啦！吃啦！那妳們快去吧！」李伯伯桌上擺了一個半空的便當盒，是李太太做的便當。

「好，李伯再見！」

「那就先走了，不打擾你用餐了啦！」佳美媽媽微笑著說，一邊讓佳美挽著手，走離電台。

「佳美今天想吃什麼呀？咦！劉奶奶又給妳包子啦？」佳美媽媽看見佳美手上提了一袋東西。

「對呀！而且今天諺齊哥哥在教我歷史，有些觀念教比較久，所以我今天

沒有幫劉奶奶做包子。」

「平常讓妳去找諺齊做功課就已經很不好意思了，之前不是就要妳跟劉奶奶說，我們會到市場上跟她買，不要這樣吃人家的辛苦錢嗎？」

「我有說啊！但是劉奶奶就不介意嘛！劉奶奶年紀都這麼大了，我們就順她的意嘛！」

佳美調皮的笑了笑，希望媽媽不要這麼擔心欠劉奶奶人情。

「真是的……，妳下次再跟劉奶奶拿包子，至少給奶奶一點成本費，知道嗎？」

「好嘛！媽媽，我們去吃滷肉飯嗎？」

「好呀！上次要帶平安符給簡太太都忘了，今天終於記得了。」

佳美和媽媽走進從電台再往前兩條路口、右轉的一條小巷。

小巷很不起眼，周圍都是老舊的國宅，灰撲撲的色調，乍看很難讓人想到巷子裡藏了令人驚喜的美食。還是電台警衛跟佳美媽媽「呷好道相報」，母女倆才知道的，結果一試成主顧！

「簡記滷肉飯」和一般的小吃店不太一樣，佳美甚至覺得全台灣找不到第二間會將店內牆面漆成蘋果綠的滷肉飯小吃店。

桌子雖然也是折疊式的鐵架和塑膠桌面，搭上銀色鍍面的鐵板凳，而且建物主體已經老舊，但是店面很乾淨、蘋果綠的牆面也有裝潢翻新的效果。

最重要的是食物好吃，佳美母女每個禮拜都至少要來三次，次數之頻繁，不僅和老闆娘都彼此認識，甚至在第三次前往用餐的時候，老闆娘還主動給佳美媽媽一支鐵湯匙，因為每張桌子上放的塑膠湯匙太軟，佳美媽媽不好使力，一用力挖飯或要將滷肉拌進飯裡，塑膠匙前端就會因受力而凹折，根本無法順利吃飯。

大家都叫老闆娘簡太太，但其實這是老闆娘從婆家那邊接下來的店面。婆婆因為大腸癌過世之前最掛念的就是這間自己一手創業的小吃店，簡太

太只好放棄在婚紗店的工作，和先生一起接手這間店。

但是在婚紗店工作的小姐哪裡懂得小吃的製作與準備？簡太太剛開始和先生學得很辛苦，半夜收攤的時候常常邊洗碗邊默默流淚，怕先生看到了，以為自己不夠吃苦耐勞。

後來工作上手了，夫妻倆也開始研發一些獨門小菜、醬料等等，也包起了水餃，小吃店多了許多菜色，生意也穩定成長，正覺得可以添個孩子的時候，簡先生的身體卻開始出現問題，原來是和婆婆一樣得了大腸癌，病情惡化的很快，在前年過世了。

簡太太固然傷心，但是生活磨練出的堅毅性格讓人不輕易崩潰，只淡淡的慶幸著，還好沒生孩子，避免了大腸癌遺傳性的延續。

簡先生過世之後，簡太太對小吃店做的唯一改變，就是牆面上漆的蘋果綠色，這是簡太太的人生到目前為止，為自己做過的唯一帶有一絲女孩氣息的決定吧！就法律上而言，配偶過世後，簡太太其實已不必然是簡太太，但是熟客中沒人改口，也就繼續這麼稱呼，差不多就是這個時期，佳美母女認識了這間小吃店、認識了簡太太。

除了小吃店的美味食物，佳美也很喜歡簡太太的氣質，溫和嫻靜，但又堅毅聰慧，與人和善又不卑微——其實和自己的媽媽很像，只是，有那麼一點不一樣，而那一點不一樣，就造成簡太太和佳美媽媽很不同的現況。

媽媽天生就沒有雙手，雖然只要裝上義手，媽媽還是可以熟練的煮飯，但是義手的製作技術尚不純熟，和手腕接合的磨擦面會非常疼痛，夏天還會造成難耐的紅癢。而且義手是里長幫媽媽在社區募捐買的，雖然不好用，但是是大家的愛心，所以還是留著，只是媽媽也不常用，怕耗損太快。

媽媽煮的菜沒有特殊口味：菜葉會切得大小不一；有時湯裡的鹽會不小心灑多；煎蛋通常有一面會因義手的不易操作而來不及翻面，顯得略焦。

因此媽媽從不煎蛋，要吃蛋的話都是在湯裡打蛋花，因為蛋如果要翻面是容不得半刻延遲，焦了就是浪費了。

不只是煮飯的問題，如果媽媽不是天生沒有雙手，媽媽現在會是做什麼樣的工作、過什麼樣的人生呢？

「雅香、佳美，來吃飯啦？」簡太太是生活中少數會稱呼佳美媽媽名字的人，看見佳美和媽媽走進巷子，便熱情招呼，也打斷了佳美的思緒。

「哎！簡太太！我終於把平安符帶來了，先給妳，不然等一下又被我帶回家了。」佳美幫媽媽在手提包裡拿出平安符，不是什麼有名的大廟，但是是媽媽誠心求給簡太太的。

人生風雨，最終求的就是一個平安。

「怎麼好意思！謝謝！謝謝！」簡太太接連說了幾次謝謝，趕忙空下正在添飯的雙手，雙手在圍裙上抹了抹，才接過平安符仔細端詳。

「妳不要這麼客氣啦！我固定都會去拜呀！也有幫自己求一個，就是順便啦！沒有什麼！」

「就是心意最重要呀！裡面坐、裡面坐。佳美呀！阿姨今天請妳吃滷味好不好呀？今天有滷蛋喔！很香喔！」

「簡阿姨，妳先忙啦！我跟媽媽慢慢點。」佳美和媽媽選了一張靠牆的兩人座，其實不用看菜單也知道要點什麼。

簡太太給佳美母女送上餐點後，因為正值吃飯時間，小吃店裡內用、外帶人潮不斷，就沒空再和佳美母女說上話了。

「媽媽，今天的故事會有什麼進展？失明的奶奶要發現其實每天來找她的不是她的親生女兒了嗎？」

雅香的「月光故事」說的多半是溫馨故事，基本上兩個禮拜會說完一個故事，可能是友情、親情，有時也會說一些時下男女的小情小愛，淡淡的，卻很深刻。

這個禮拜的故事說的是有一個失明的奶奶，女兒突然生了重病，她虛弱得無法再下床，知道自己的時間也已經不多了，便請自己的摯友，聲音性格和自己相仿，每天她就口述自己從小到大的故事給朋友聽，以及今天要叮嚀媽媽什麼事情。朋友就會去拜訪她媽媽，假裝自己就是奶奶的女兒，女兒知道媽媽的個性，所以大概也知道媽媽會問什麼事情，也都事先和朋友演練過了。

只是，聽眾都在好奇，謊言到底會不會被拆穿？

「呵呵！妳等一下不是要跟熊叔叔一起聽嗎？妳先知道劇情就沒意思啦！妳哪一次問我，我有先告訴妳的？」

「嘿嘿！我就等哪一次妳會真的先說嘛！」

佳美淡淡的笑了笑，然後嘴角的笑容很快的消失了。

「妳怎麼了？」

佳美支吾了一陣，才慢慢開口。

「妳在電台講故事的時候，很開心嗎？」

「怎麼突然問這個？我聽起來很不開心嗎？」雅香對女兒的問題感到莫名其妙。

「那妳是覺得在電台……，反正就是工作而已嗎？」

「嗯！當然是工作啊！但是也是會開心，故事想不出來的時候，也是會有壓力啊！」

那妳有夢想的工作嗎？妳有一直想做的事情嗎？如果不是因為要給我穩定的生活；如果不是因為妳沒有雙手，妳會做一樣的工作嗎？

這些問題才是佳美心裡真正想問的，但是太敏感、太尖銳，佳美終究問不出口。

「那沒事啦！我是在想我以後要做什麼。」

「以後的事情，怎麼妳現在就煩惱啦？妳的選擇很多，不用急，以後再慢慢決定。」

以後的事情可以以後再決定，但是以前的事情，誰都改變不了，例如可不可以讓媽媽有雙手。

「佳美，妳知道媽媽從來都不會限制妳想做的事情，因為我知道妳是善良聰明的孩子，只要妳想做的事情，都不會是我需要阻止的事情。妳只要知道，

媽媽會一直支持妳就好了。」

「做什麼都可以嗎？媽媽，妳覺得我很幸運嗎？」

雅香愣了一下，但是沒有表現出來。

「我們都是幸運的，不愁吃穿，妳看那些住在非洲的小朋友，那真的就是很辛苦。就算好手好腳也沒有良好的環境可以打拼。」

「嗯！媽媽，妳也是很努力生活的人，妳是很勇敢、很厲害的人。」

「呵呵！妳在說什麼呀？我的女兒今天怎麼變成一個多愁善感的小老太婆呀？」

佳美也笑了出來，自己這樣沒頭沒腦的問媽媽這些問題好像有點奇怪，媽媽自己都已經不在意沒有雙手的事實了，還想那麼多幹嘛呢？

媽媽去電台上班之後，佳美就走去熊叔叔家。

佳美一個禮拜有幾天晚上都會到熊叔叔家，一起聽媽媽的廣播節目、一面討論。

本來覺得太打擾熊叔叔了，但是熊叔叔覺得佳美每天晚上都一個人在家有點危險，所以很歡迎佳美到自己家裡等媽媽下班。

佳美從媽媽工作的電台走路到熊叔叔家大概二十分鐘，熊叔叔也差不多從廣告公司下班、開車回到家了。

熊叔叔家是老舊的公寓翻新，外觀雖然不起眼，可是內裝很新穎。佳美最喜歡熊叔叔工作室的大桌子，上面有好多熊叔叔廣告公司的提案、企劃和創意素材，每次都讓佳美覺得好新鮮，總是驚嘆連連。

「熊叔叔，你這張圖也太厲害了吧！」

桌子上擺了一張白色全開的紙，五顏六色的玻璃紙拼貼出一整幅極度擬真的玫瑰圖樣，極富色澤層次的紫玫瑰，背景襯的是濃郁、如絲般質感的紫色。

佳美瞪大了眼，不敢相信熊叔叔的手藝這麼靈巧。

「熊叔叔做了好久喔！幾天沒睡好就為了這個，眼睛超痠的。佳美覺得有

像玫瑰嗎？」

「當然像！超級像！熊叔叔，這次是什麼廣告？」

「這次是女性香水廣告，整體雖然是玫瑰圖案，但是用拼貼的方式，每一個細部的顏色呈現都不同，代表女性細膩的心思和多樣的性格。之前妳就有看到半成品啦！只是妳大概覺得是一堆碎紙垃圾，就沒問我了。哈哈！」

「好厲害……，你老闆有誇獎你嗎？老闆一定也覺得很厲害吧？」

「哈哈！我本來也這樣希望啊！但是老闆比較在乎廣告效益大不大。」

「要是我就給你加薪！熊叔叔你超認真的！」

「哈哈！要加薪沒那麼容易啦！公司要考量的事情很多，以後妳工作就知道了。妳媽媽的廣播節目已經開始囉！」

熊叔叔打開收音機，不用調頻就是雅香的「月光故事」，因為熊叔叔也只有這時候會聽廣播節目。

「熊叔叔，你覺得故事裡的女兒騙自己的媽媽，是應該的嗎？」

「誠實是做人基本的原則，但很多時候不得不只把誠實當成『大原則』，再根據人遭遇的各種情況去決定是否遵守。至於是不是應該的行為，好像只要不犯法，我們都沒有資格去評論當事人的行為，因為我們不會知道那種處境是什麼滋味。」

「意思是，有時候說實話會讓狀況變糟嗎？人會被強迫撒謊嗎？」

「沒有人可以強迫任何人撒謊，要不要說實話是自己的選擇。故事裡的女兒擔心年邁的母親沒辦法接受自己不久人世的消息，才會讓朋友假扮成自己，讓母親覺得女兒一切都好。畢竟如果說實話，老人家可能因為大受打擊，身體也會出狀況。」

「可是因為年紀大，就沒有知道事實的權利嗎？誰能評估年邁的母親是不是有能力承受事實呢？」

「佳美，如果妳是故事裡的女兒，妳會怎麼做？」

「我……」

「熊叔叔當然不鼓勵撒謊，更譴責惡意的謊言，只是現實社會很複雜，人除了講理，更多是講『情』。」

「我想，我會心疼媽媽、捨不得媽媽傷心難過。可是，那也不代表我撒謊是正確的行為。」

「當然，撒謊可以有各種的理由，但是沒有一種理由可以合理化撒謊的行為。」

這好像是一個很複雜的問題，佳美有點頭痛，還好現實生活中，佳美並沒有遇到要對媽媽撒謊的狀況。

但是自己卻騙老師聯絡簿是媽媽簽的，故事裡的女兒因為心疼媽媽而請朋友幫忙，那自己呢？是因為覺得媽媽很丟臉才撒謊嗎？

「熊叔叔，你有說過謊嗎？你說過最大的謊是什麼？」

「恩……哈哈！大概是對老闆說我對這次的廣告企劃非常有信心吧！其實我根本不太有把握啊！」

「哈哈！你那個不是撒謊啦！人本來就要有自信啊！」

「對啦！佳美，妳也要記得，只要沒有做錯事情，就該有自信，沒有什麼好丟臉的，這句話很簡單，但是出了社會卻非常實用。」

只要沒有做錯事情，就該有自信。

媽媽沒有做錯事情，可是為什麼我因為媽媽沒有雙手的事情，覺得很沒自信而想要隱瞞？我到底是怎麼了呢？

佳美一直到離開熊叔叔家，回到家直到上床睡覺的時候，都一直在琢磨這句話。

03. 音樂課

最近幾個禮拜的音樂課都是才藝表演，老師說佔學期成績很大的比重，要同學好好準備，有創意的還會加分。佳美什麼才藝都不會，唯一會的就是唱歌，歌神張學友的最新單曲「忘記你我做不到」當然是表演的最佳選擇！

這幾天佳美都和明誠利用下課和中午吃飯的時間練唱，兩個人決定變成對唱，搭配自編的簡單舞蹈動作，到了表演當天，佳美還是不免緊張起來。

「明誠，你都不緊張喔？」

佳美和明誠比較早到音樂教室，同學們還在魚貫走入，老師也還沒到。

「還好啦！反正幾分鐘就過去啦！」明誠不是不怕出糗，只是全班同學都知道自己不是歌手，要是唱得不好聽，也就很理所當然嘛！

「上禮拜唱『領悟』那組，我覺得好好聽喔！老師都說他們可以開演唱會了。要是我等一下走音被扣分，你不要怪我喔！」

「我不會怪妳啦！我跟妳說，待會上台，等妳開始習慣、可以比較輕鬆的時候，歌就唱完了！時間就是過得這麼快。」

「好啦……，那你那條粉紅絲巾給我吧！」

佳美和明誠安排了一些劇情配合動作，佳美和明誠是一對情侶，不管因為什麼原因，總之不能繼續在一起，兩人就著歌曲上演依依不捨的離別戲碼。明誠還要佳美拿一條粉紅絲巾，可用來揮別情人、也可以拭淚；明誠則是給自己準備了一頂紳士帽，彼此胡亂搭襯，不知道是成了哪朝哪代的才子佳人。

音樂卡帶是明誠準備的，前一晚卡帶倒轉好幾次調到正確位置，一播放就會是「忘記你我做不到」的前奏。

上課鐘響，王老師維持一貫的風格走進教室：連身長裙繫著大大的皮帶；短粗跟的皮鞋看得出老舊但是保養得宜；及肩的頭髮用一個琥珀色的髮夾，夾成公主頭；手錶從不帶在手腕上，而是握在手心，一進教室就把手錶放在講桌上。

「同學，今天是才藝表演最後的一堂課，希望剩下幾組的同學都有好好準備，等一下一樣用抽籤決定順序。」

音樂小老師站到講台前，拿出籤筒讓大家決定順序。

佳美怕自己手氣不好，就讓明誠去抽籤，結果不知到底是有比較好運或是更為不吉利，明誠抽到了第一組。

「陳明誠，你是籤王喔！」佳美唉嘆道。

「哎唷！這個籤才好啊！剩下的時間就可以輕鬆看別人表演了，不然妳想要坐立不安到最後喔？」

「好啦！也是啦……」

剩下的同學抽完籤後，有人開心歡呼、有人愁眉深鎖，大家聊著今天要表演的有哪些人、聽說是什麼內容，整個教室鬧哄哄的。

「同學，不要講話了，要開始表演了！」風紀股長對自己的幹部身分很有責任感，沒等老師開口，就開始要求大家恢復秩序。

「好了，大家安靜了，再不開始時間就不夠了，快放暑假了，要是有同學沒有表演到就沒有分數喔！」老師坐在講台旁的鋼琴椅上，手上拿著評分表。

「來，小老師，幫老師照順序叫每一組同學上台表演。」

小老師開始唱名，就算已經知道第一組是自己，佳美聽到名字被唸出來，胃還是緊張的抽了一下。

「第一組，許佳美、陳明誠，所要表演的是唱歌，歌曲是『忘記你我做不到』。」

佳美和明誠緩緩走到講台上，明誠看來一派輕鬆，佳美卻覺得自己的臉色一定緊張到發白。

小老師將明誠準備的卡帶放進錄放音機，歌曲前奏開始響起。

如今已經是箭在弦上，不得不發，害羞反而更糗，佳美一個轉念，硬著頭皮，就大方表演吧！佳美和明誠已經排演過很多次，所以只要放鬆就可以很有默契的展現。兩人沒有驚人的歌喉，但是配上經過設計的簡單戲劇動作，整個表演雖然沒有特別突出，但也沒有過於平淡，台下同學還是熱情的給予掌聲。

佳美整個人頓時鬆一口氣，能開心的笑著了。

接下來幾組同學有表演口琴、有表演打響板說相聲的，雖然同學們爭議了一會兒，相聲怎麼會在音樂課做表演，但是學期剩沒幾個星期就要結束了，沒時間讓那位同學再次上台表演，老師也就睜一隻眼、閉一隻眼，有辦法打分數就好。

「第五組，張雨庭，表演彈鋼琴，曲目是貝多芬的『月光奏鳴曲』。」

雨庭長得比同齡小孩都還要高，不知道是自卑還是不自在，總是有點駝著背，上台之後也不敢正眼看台下的同學，只側著身體，微微的點了點頭，就坐到鋼琴前。同學本來對雨庭的表演沒有特別的期待，加上已經經過幾組同學的表演，同學安靜了一陣子似乎又要開始騷動，沒有人注意到雨庭的雙手已經輕輕碰上琴鍵，直到琴聲開始揚起。

貝多芬的月光奏鳴曲，那樣神祕的旋律被雨庭詮釋得如此細膩，雖然聽過這首曲子的同學不多，但是都被雨庭流暢成熟的琴音吸引了注意力，甚至到奏鳴曲都彈完了，霎時間同學還意會不過來表演的結束，忘了拍手！

「哇！雨庭的琴彈得真好！唉呀！竟然學期都要結束了才知道妳這麼會彈琴，真該每節課都讓妳露一手的！」老師是嚴謹的古典樂訓練出身，對雨庭純熟的彈出這首世界名曲感到非常驚喜。

雨庭本來就已經很內向，同學老師的熱情和讚美讓她更不自在，雖然心裡很開心，但還是沒多說一句話，匆匆下台回到位置上。

老師並不介意，忍不住又多褒獎了幾句才讓後面的同學接續表演。

「明誠，那個張雨庭也太深藏不露了吧？那首曲子超酷的啊！」佳美在明誠的耳邊講悄悄話。

「她平常在班上很沒存在感啊！誰知道她其實有什麼才藝？難不成她是天才，所以才跟我們處不來？」坐在佳美和明誠附近的同學開始竊竊私語起來。

「她爸好像開賓士耶！」

「有一次放學我媽有看到雨庭，我媽說怎麼你們班上有人這麼有錢，衣服好像是國外買的。」

「那不是她爸開的車吧？那個開車的人都會先下車等她，然後幫她開車門耶！」

「那個人不會是她爸，應該是司機啦！哇！那這樣也太有錢了吧！」

佳美和明誠對雨庭越來越好奇了，不是因為雨庭家好像很有錢，而是能將鋼琴彈得淋漓盡致的人一定有很感性深刻的心思，但是雨庭看起來卻是那樣沒自信又內向沉默，吸引兩人想要認識雨庭的，是這種內在和外在的反差。

放學的時候，明誠和佳美刻意跟在雨庭後面走出學校，雨庭站在一棵大樹下，應該是等人來接她回家。因為有彼此陪伴，佳美和明誠便鼓起勇氣走向雨庭。

「哈囉！雨庭妳好。」明誠率先開口。

「妳好，我們是妳的同班同學，妳……應該知道我們吧？」佳美實在不是很有把握雨庭會不會對自己有印象，因為像自己就對雨庭沒印象啊！

「噢！我知道，妳是佳美，你是明誠，對吧？我知道你們是好朋友。」說

名字的時候，雨庭口氣也有些猶豫，畢竟把同學的名字叫錯也太糗了。

「哇！妳知道我們耶！」佳美很驚訝雨庭有默默注意到自己。

「其實，我們是覺得妳今天鋼琴彈得很厲害，所以想找妳聊天啦！」明誠說明了來意。

雨庭正待開口，一輛黑色轎車便停在大樹下，一名穿著西裝、年屆中年的男子下車，繞過車尾，幫雨庭打開後座的門，看見有同學在和雨庭講話，有些吃驚。

「我……我該走了。」雨庭怯生生的說。

「你們好，你們是雨庭的同學呀？之前都沒看過你們。」

「對呀！我們就是現在想來認識雨庭，今天音樂課才藝表演，雨庭好會彈鋼琴喔！」佳美覺得這位穿西裝的先生有一種斯文的氣息，所以就不怕生的開口聊了起來。

「雨庭在家每天都練啊！家教老師一個禮拜來家裡兩次呢！」

「哇！每天練喔！我喜歡手工藝，可是都不一定有辦法每天都研究。」

「雨庭，妳明天要不要跟我們一起吃午餐？我跟明誠都喜歡把便當帶到頂樓去吃，風景很好喔！妳是自己帶便當還是訂學校的？」

「我是自己帶便當的。」

「那明天就一起吃吧？我們會找妳一起去頂樓。」明誠也釋出善意。

「好哇！好哇！明天雨庭妳就和同學一起吃午餐嘛！」雨庭都還沒開口，司機先生倒是熱情的開始在一旁鼓吹了，因為雨庭竟然要有「朋友」了啊！

「嗯！好……謝謝。」雨庭的雙眼一直不敢正視佳美和明誠，道謝之後很快的看了一下兩人，嘴角還帶了淡淡的笑容，說完就坐上車了。

佳美和明誠知道雨庭不是不願意，是很不習慣、很害羞，但是至少是願意接受兩個人的出現。短暫聊過之後，兩人更期待明天的午餐了，好希望可以多了解雨庭一點！

04. 婆婆又來了

佳美和明誠每天都很期待午餐時刻，今天又比平常感覺更特別，因為今天午餐有新朋友的加入。

前一晚明誠特地拜託媽媽聯絡簿上不要寫太多話，因為不想耽擱跟新朋友吃飯的時間，媽媽聽到兒子班上竟然有這麼一位才華出眾的同學，也對雨庭產生好奇心，很例外的在聯絡簿上簽名後，只寫了「學期快結束了，謝謝老師本學期對明誠的照顧」。所以今天中午下課鐘一響，明誠沒有被老師找去談話，可以和佳美一起去找雨庭，兩人走到雨庭的座位旁，一樣是明誠先開了口。

「哈囉！雨庭，我們一起去頂樓吃飯吧！」

「嗯！」雨庭怯生生的微笑著，第一次正眼看了明誠和佳美。

三人一起到了頂樓，這天很幸運，微溫的風，有點雲將太陽稍稍遮蔽，雖然還是六月天，但是不會讓人燥熱難耐。

「這邊就是我跟明誠吃午餐的地方。」三人在儲藏室的屋簷下就座後，佳美說道。

「也不知道這間儲藏室到底是在放什麼東西，剛開始決定要在這邊吃午餐的時候，還擔心過裡面有沒有住流浪漢之類的，哈哈！」

聽到「流浪漢」三個字，雨庭因為驚嚇而微微瞪大了眼。

「可是其實沒有啦！這就是一般的儲藏室而已。唉唷！陳明誠你不要嚇她啦！」佳美趕忙澄清。

雨庭的便當盒是三層的日式便當盒，每一層容量都不大，每一種食物分量都少少的，很精緻。

「哇！雨庭，妳的午餐好精緻喔！」佳美很少去餐廳吃飯，不常看到精緻排盤的餐點，但是其實國中生的便當，也很少有像雨庭這種形式的。

「是妳媽媽做的吧？比我媽還強，我媽只是專業級的家常菜，妳這是家常版的餐廳菜耶！」明誠也覺得開了眼界。

「不是媽媽……是阿姨做的。」

「喔！我今天的便當也是阿姨做的啊！我媽兩個姊姊也很愛到我們家一起

分享廚藝。」這也是明誠的便當每天都很豐盛多變的原因。

「我說的阿姨，是每天會來我們家煮飯的阿姨，我媽媽沒有在煮飯。」

「妳家……還有請煮飯阿姨喔！」

驚嘆別人家庭的財力好像有點不禮貌，但佳美真的太驚訝了，原來在音樂課聽到關於雨庭的種種，都不是空穴來風。

「我媽媽常常不在家，我爸工作很忙，有時候甚至不在台灣，所以打掃、煮飯都有請阿姨來做，爸爸會怕我沒有被照顧好。」

「那妳爸很貼心啊！還有請人來接送妳，沒讓妳當鑰匙兒童、或是天天吃外面；像佳美幾乎都吃外面的。」

「啊！你怎麼知道我幾乎都吃外面的？」

「妳幾乎每天都跟我說哪條街、哪條巷的什麼東西好吃啊！連中午也是訂學校的便當，不是根本都吃外面的了嗎？」

「對耶……」明明佳美每天都是有意識的跟媽媽到外面吃飯，但突然被點出這一部分，心裡有一種怪怪的感覺，好像自己很少有「回家吃飯」的經驗。

「佳美，妳媽媽也常常不在家嗎？」這是雨庭第一次提問，佳美和明誠的真誠，讓雨庭慢慢自在了起來。

「不會啊！我媽媽下午才要去公司，公司也在家裡附近，我還會去找媽媽一起吃晚餐。我們每天都會聊好多，買東西也幾乎都一起去。」

「那所以妳媽媽是不喜歡煮飯嗎？因為聽起來妳們感情很好、相處機會很多，媽媽應該會想做愛心便當給妳吧！」雨庭不懂，聽起來很重視親子關係的媽媽，怎麼會總是讓小孩吃外面的食物。

「我媽媽……」佳美一時不知道要怎麼回答，因為從來沒想過這會是一個問題。

「我媽媽跟我一樣，很喜歡吃不同的小吃，所以才會在外面吃，家裡廚房也比較不會積油煙。」

這是佳美一時所能想到最好的「答案」了，因為真正的原因，還是媽媽沒有手啊！

「真好，我上次和媽媽一起吃飯，大概是兩個禮拜之前的事了吧！」

「那妳每天回家有人可以說話嗎？」明誠猜想，或許雨庭的內向沉默就是因為平常開口聊天的機會少。

「我每天都會跟司機阿明和煮飯阿姨月梅說到話，阿明都知道我的考試成績、月梅阿姨知道我喜歡吃什麼菜，也會跟我說什麼菜又貴了，或是不要跟某些不老實的菜販買菜。」

「妳爸媽到底多忙啊？怎麼會讓妳根本就沒有跟家人一起生活的感覺？」佳美不懂，怎麼會有人讓還在唸國中的女兒，每天都沒有跟親人交心的時光。

「我爸爸是做國際貿易的，工作真的讓他分身乏術；媽媽朋友很多、參加很多交際活動，說是幫爸爸建立人脈。雖然我現在的生活是爸媽努力的成果，可是我有時候會想，如果可以住小一點的房子、坐小台一點的車，但是爸媽每天都在身邊，應該是不錯的……」雨庭的眼神變得有點黯淡，感覺得出來，家

人是雨庭心裡很失落的部分。

「人家都說音樂可以抒發心情，阿明說妳每天都彈琴，應該心裡都會比較好過吧？」明誠還記得司機阿明說過的話。

「我就是因為很希望爸媽陪伴，但是又沒有辦法改變現況，彈琴會讓我忘記家裡的安靜，可以徹底的進入音樂的世界。」

「妳往樂觀的方面想啊！如果妳爸媽每天都願意花時間陪妳，妳鋼琴也不會彈得這麼好了。」明誠覺得每件事都努力往正面想的話，生活就會充滿希望的力量。

「我想也是，但是，如果爸媽有時間可以陪我的話，我寧願一首曲子都不會彈。」

「但是現在不一樣了，現在我跟明誠是妳的朋友，妳有任何心事、想分享的事情，都可以跟我們說喔！」

「我真的很意外有你們當我的朋友，可惜我沒機會跟爸媽分享交到朋友的事情。」雨庭對於爸媽總是不在身邊，耿耿於懷。

佳美覺得自己真的很幸福，媽媽除了工作，幾乎把時間和注意力都放在自己身上，所以自己和媽媽既是母女、又像朋友。

原來能和媽媽分享、甚至是共同經歷生活中的事物，是這麼令人開心！

三人接著聊了其他的話題，一方面也是希望雨庭不要一直想到爸媽總是不在身邊。

午餐很愉快的結束了，雨庭也正式成為固定的午餐成員之一。

這天是禮拜五，和新朋友雨庭第二次的頂樓午餐要再等兩天，因為禮拜六只要上半天課，學生是各自回家吃午餐的。

禮拜五也是諺齊哥哥要補習的日子，所以佳美到劉奶奶家，幫劉奶奶幾個做包子的步驟後，就去找媽媽吃晚餐了，飯後也沒有去找熊叔叔，就直接回家休息了，佳美今天特別疲憊。

佳美從來沒有被早餐香味喚醒過，早餐都是佳美起床梳洗後，出門幫媽媽和自己買的，佳美的早晨都是從灑進窗戶的陽光開始的，佳美揉了揉惺忪的雙眼，昨天晚上沒等媽媽下班就睡著了，床頭的收音機是媽媽下班回家之後，悄悄幫佳美關掉的。

梳洗之後，佳美到客廳，媽媽在整理客廳，把一些書報、雜誌歸位。

「媽，妳早餐要吃什麼？」

「起床啦！早餐就買豆漿店的吧！妳隨便幫我選，上次去大賣場買的豆漿剛好喝完了，也買杯豆漿回來吧！」

「嗯！好，我也要喝豆漿。」

「那就買兩杯，拿零錢罐裡的錢吧！」

電視櫃上放了一個零錢罐，平日都會把零錢收在這裡，就算只是一元、五元，累積下來也是一筆數目。

二十分鐘後，佳美提了早餐進門，門口多了一雙鞋子，是很傳統的布面包鞋，深紫色，上面有金線繡的精緻花草圖案。

是婆婆來了！

佳美認得這雙鞋，有一個婆婆個子不高，大概七十幾歲，總是把自己打理得很乾淨整齊，衣著也很典雅，尤其婆婆總是把頭髮一絲不苟的梳成一個髻，連一根頭髮都沒落下，或是有任何的不服貼，而這雙深紫色的布面包鞋也是婆婆每次來家裡穿的鞋。

佳美開了門，果然看見婆婆坐在客廳，媽媽的表情就和每個月婆婆來的時候一樣，是一種很複雜的表情，是溫柔和悲傷參雜的樣子。

媽媽看見佳美進門，也只有每次婆婆在的時候，媽媽才會對佳美有這種嚴肅冷淡的表情。

起初幾次，等婆婆走了之後，佳美都會問媽媽為什麼要對她用這種嚴肅的態度，得到的答案都是「因為媽媽怕妳對客人沒禮貌」，之後佳美知道只要婆婆在，媽媽的態度就會變得奇怪，就不再多問。

就這樣，婆婆每個月會來家裡一次的慣例，也已經有好幾年了。

佳美也不會跟婆婆打招呼，就靜靜的把早餐放在餐桌上，拿出自己的那一份，準備回房間吃，倒是婆婆先開口了。

「佳美呀！去買早餐了啊！妳買了什麼呀？」

「喔？我買了……」佳美一邊觀察媽媽的表情，一邊猶豫要不要回答。

「小孩子的早餐就是隨便吃，也沒什麼。佳美，不要吵婆婆，快回房間吃早餐。」

「喔！」佳美拿起飯糰和豆漿，往房間走去。

「佳美很喜歡喝豆漿嗎？豆漿對女孩子很好喔！」

「嗯！」佳美也不敢多回應什麼，就回房間了。

佳美在房間慢慢吃著早餐，也專注的聽著自客廳傳來的聲音，希望能從對話中聽出一些端倪，例如：婆婆是誰？為什麼每個月都會來家裡？但也如以往一樣，從客廳傳來的聲音如此微弱模糊，根本什麼都聽不清楚。

但是有一點佳美很確信，就是最後一定會傳來啜泣聲，是婆婆或是媽媽，還是兩個人都傷心呢？佳美不能確定，因為等婆婆離開，媽媽不僅已經恢復鎮定，也變回了佳美熟悉的媽媽，親切溫柔。

所以佳美也不想再問任何會讓媽媽生氣或傷心的事情。

佳美在房間已經把早餐吃完了，媽媽現在才要開始吃早餐，佳美就在客廳看報紙，陪伴媽媽，偶爾唸幾則有趣的新聞和媽媽討論，一切都和平常沒有兩樣，平凡的早餐和輕柔的陽光。

05. 媽媽的手

明誠最喜歡美勞課了，雖然不一定是手工藝，但是只要是藝術創作都很感興趣，所以每次從教室走向美勞教室的路上，都十分雀躍。

「上次的陶土作業結束了，這次的新作業不知道是什麼。」明誠的口氣充滿期待。

「你還真期待，上次那個陶土作業好討厭喔！做到一半做不完，到隔天再做又會乾掉。」佳美沒好氣的說。

「可是看到陶土在自己的手中慢慢成形，很有成就感啊！」

「是喔！我是不能體會啦！」

「咦？雨庭，上次的陶土作業，妳做了什麼東西呀？」明誠問。

自從雨庭成了頂樓午餐的固定成員後，三個人有越來越多時候是一起行動的。

「喔！我做了一個花籃，裡面有好幾種花。」雨庭有時候說話還是有點害羞。

「那個花籃是妳做的！雖然我的作品是全班最高分，但我覺得那件花籃的作品才是真正厲害啊！」明誠由衷的佩服雨庭的一雙巧手，那件花籃作品從藤籃編織的紋路、到各種花卉的姿態，如此栩栩如生，讓人印象深刻。

「謝謝誇獎，因為我在家幾乎都一個人，剛好有陶土作品讓我投入，連琴都練得少了，因為陶土太新鮮有趣了。」

「哇！你們兩個都這麼有藝術才華，我怎麼突然覺得自己很平凡哪！」佳美有些沮喪。

「哪有？妳不知道妳畫畫風格很特別嗎？」明誠看過佳美以前的畫，和在課本空白處的「即興創作」。

「喔？佳美的畫畫風格是什麼？」

「我……我也不知道。」突然被明誠誇獎，佳美有些手足無措。

「佳美畫的人和物品，不是很逼真的那種，而是溫柔，但又帶點悲傷，甚至是孤單的感覺。」

「聽起來很特別，但是有點難想像，有機會可以讓我看看妳的作品嗎？」明誠的形容很抽象，但已經引起雨庭的興趣。

「佳美的每一本課本都是機會啦！上課都不專心，先找位子坐吧！」三人已經走到了美勞教室，就座之後，佳美把美勞課本遞給雨庭。

「妳隨便翻吧！哈哈！我真的畫了不少。」雨庭隨手翻開一頁，右下角畫了一條大道，兩旁是高樓大廈，大道兩旁地上有好多條魚。

「這是什麼意思？」畫風的線條很溫和乾淨，但是呈現的畫面卻讓人摸不著頭緒。

「妳知道魚是不會知道自己已經吃飽了嗎？如果一直餵，魚就會一直吃，最後就因為吃太多而撐死。我這裡畫的魚其實代表貪心的人，一直想賺錢的那種人，有時甚至影響到其他人的權益也不在乎，最後他們其實不會得到真正的幸福快樂。」佳美解釋的時候，眼神十分認真。

「就跟妳說吧！她的畫看起來溫柔可愛，其實都有點悲傷。」明誠很了解佳美。

「真的耶……我本來以為這個畫的意思，是希望每個在城市中生活的人，可以像魚一樣悠遊自在，結果……」

「結果是撐死的魚代表貪心的人。呵呵！不過，雨庭妳想那樣解釋也可以啦！」佳美對於讓雨庭失望有點不好意思。

「重點是，佳美妳要相信自己也有特殊的才華啊！」明誠說。

「明誠說的沒錯，佳美妳的畫真的很特別。」雖然畫風出乎雨庭意料，但不可否認，確實讓人印象深刻。

「謝謝誇獎。唉唷！我有點害羞。」

「呵呵！所以之後妳要對自己有信心啦！」明誠對自己的好朋友非常有信心。

上課鐘聲響起，佳美緊張的等待老師出的新作業是什麼。

「同學，上次的陶土作業大家表現很好，接下來快放暑假了，老師就不出要花很多時間的作業了，大家在暑假之前就交一幅畫吧！」

同學們有人歡呼，覺得作業好簡單；有人立刻垮著一張臉，擔心自己根本不會畫畫。

佳美是屬於鬆一口氣的那一群人，這學期做過冰棒棍拼成各種造型、玻璃紙拼貼還縫過娃娃！終於有一種作業不用這麼麻煩了。

「佳美，剛好就是畫畫耶！妳不用擔心了。」雨庭好期待佳美的作品。

「對啊！但是不知道有沒有訂題目。」

「同學安靜！老師還沒宣布題目，大家都國中了，長到現在這麼大，你們有沒有真正關心過媽媽呢？有人知道自己媽媽的手是長怎樣的嗎？所以這次作業要大家回去好好觀察媽媽的手，題目也就是『媽媽的手』。」

「老師！我沒有媽媽，只有爸爸！」一名在班上向來調皮的男生，舉手大聲說著。

「沒有媽媽，就畫爸爸的手。還有問題就隨時舉手，沒有問題就開始打草稿了。」老師開始給每個人發一張圖畫紙。

佳美一時之間真不敢相信自己聽到了什麼題目，難道自己應該舉手跟老師說，自己只有媽媽，而且媽媽沒有雙手，請問老師該怎麼辦？

「佳美？佳美？妳在發什麼呆啊？」明誠一連叫了佳美好幾次。

「啊？什麼？」

「把圖畫紙傳下去，後面的同學都在等妳傳。」

「喔喔！」佳美趕緊拿了一張，把剩下的傳給後面的同學。

「佳美，妳還好嗎？」雨庭有點擔心。

「啊？沒事啊！」

「妳是開始在想構圖了喔？也太投入了，剛剛不是還有人很不想來上美勞課的嗎？」明誠故意調侃佳美。

「哪有……我就發呆了嘛……」

「這時候就可以調查大家關不關心自己的媽媽了，雨庭，妳有觀察過妳媽媽的雙手嗎？」明誠率先帶起討論，對畫畫的主題躍躍欲試。

「因為和媽媽很少有機會相處，所以我都會把握時間觀察媽媽的一切。媽媽的手非常白皙柔嫩，指甲總是修得很整齊，上面一定有塗指甲油，都是深色系的，深紅或是深紫，手上也一定有護手霜的淡淡香味。」

「哇！因為妳媽媽都不用做家事吧！我媽每天煮飯、打掃的，夏天還好，到了冬天，手一定會龜裂，擦凡士林也改善不大。還有，我小時候最深的印象就是媽媽的手好小。」明誠也有很敏銳的觀察力，對於喜歡的手工藝或藝術創作也很有幫助。

「我媽媽的手沒有特別大或特別小，但是手指很修長，好像註定就是適合拿香檳紅酒杯，而不是拿菜瓜布或拖把的。」

雖然對於母親在自己生活中經常缺席，感到失落，但聽得出來，雨庭對於媽媽所擁有的，能在社交圈被視為優點的特徵，又感到幾分驕傲。

「雖然做事能力和手的大小沒有關係，但有時候就是會很難想像這麼小的手可以包辦一家的大小事。雨庭，妳媽媽的手聽起來只能說是太好命了。」

「你們……會怎麼形容和媽媽牽手的感覺？」佳美一直沒有參與討論，突然開口問了問題。

「嗯……我都國中了，男生只有小時候才和媽媽牽手，感覺很幸福啊！現在我也是會挽著媽媽的手，讓她覺得我還是像小時候一樣，很依賴她。」

「媽媽從來不讓我牽她的手，怕我太靠近她，會把她的衣服、裙子弄皺。媽媽買給我的衣服也都很貴，所以也要我自己好好走路，不要把衣服弄髒。」這一點倒是可以從每個禮拜六，穿便服上半天課的時候看得出來，雨庭的衣服質感和剪裁就是跟別人不一樣，平日的儀態也很好，就是這樣被教育要求出來的吧！

「雨庭，妳媽媽真的是……很沒有媽媽的溫暖耶！妳小時候，她一定也不陪妳玩遊戲的吧？」明誠很難理解，怎麼會有媽媽對小孩這麼冷淡。

「都是奶媽陪我玩，所以你們小時候玩過的遊戲，我一樣也沒少玩。」

「我最喜歡和媽媽玩跳格子的遊戲了。」佳美說。

「為什麼？」雨庭問。

「因為格子不用無止盡的畫下去，很容易可以闖關成功，如果失敗了，從頭再跳一次就是了。」佳美心裡還想，而且格子可以自己畫，媽媽沒有手也不影響跳格子。

「那妳媽媽的手牽起來是什麼感覺？妳都還沒發表意見。」明誠問。

「嗯……很難形容的感覺。」當然很難形容，因為佳美根本不知道那是什麼感覺！

「那妳先構圖吧！用畫的可能比言語更能表達。」雨庭拿起鉛筆，也準備打草稿了。

明誠也在思考草稿內容，但看起來像是因為有太多想法，不知道選哪一種感覺畫才好，佳美一直都沒有動筆，從來沒想過，自己一直迴避的問題，會因

為美勞課的作業而不得不開始思考。

放學之後，佳美一直悶悶不樂，劉奶奶當然一眼就看出來了，而且佳美也不像以往，充滿精神的和她打招呼。

「佳美呀！今天怎麼苦著一張臉呀？」

「劉奶奶，沒有啦！只是今天學校出了一個很難的作業。」佳美重重的坐在劉奶奶客廳的藤椅上，樣子很沮喪。

「妳看妳，劉奶奶這兩天風濕的老毛病又犯了，不舒服，所以包子做得少，今天就沒有包子可以給妳了。但是劉奶奶熬了一鍋紫米桂圓粥，盛一碗給妳，吃點甜的，心裡好過一點。」劉奶奶說著走進廚房。

「咦？劉奶奶妳身體又不舒服了！我自己盛。」佳美趕緊跟進廚房。

「佳美呀！作業難一點，就多花一些時間做，不用這樣愁眉苦臉呀！」

「這次，很不一樣……」佳美話還沒說完，就聽見諺齊哥哥匆匆忙忙的進了屋子。

「奶奶！」

「唉唷！諺齊呀！怎麼匆匆忙忙的，在路上騎腳踏車要小心點呀！」劉奶奶看著孫子趕得上氣不接下氣的，以為是出了什麼事。

「沒有啦！妳這兩天風濕不是又發作了嗎？我知道妳一定不會聽我的話好好休息，所以趕快回來幫妳做包子呀！」

「呵呵！你這孩子真是的。別急呀！奶奶留了一堆工作給你做唷！」

「那很好啊！那很好啊！哈哈！咦？佳美，對耶！妳今天會過來，可是諺齊哥哥今天比較忙，要做包子，可能沒有什麼時間教妳耶！」

「沒關係，沒關係，我今天也沒有問題啦！」

「哪有？諺齊，剛剛佳美來的時候，一張臉皺得跟苦瓜一樣，說是學校出了好難的作業，不知道該怎麼辦呢！」

「是喔？那諺齊哥哥幫妳看一下是什麼作業。」

「沒關係啦！那個作業其實我都會，只是有點麻煩而已啦！」

「那有問題還是要說喔！諺齊哥哥還是可以教妳。」

「那妳至少先把粥吃完再走，奶奶特地熬了這麼一大鍋，就是要妳一起吃的呢！」

「謝謝奶奶，真的很好吃！」

「哇！紫米粥呀！我在院子就聞到香味了。」

「呵呵！那我們各盛一碗吃吧！」

三人就在客廳吃著紫米粥，確實是熬得香甜可口，但很難得的，這一次，劉奶奶的食物竟然無法像往常一樣，讓佳美的心情好轉。

在劉奶奶家只待一下子，離媽媽晚餐的休息時間還有一會兒，佳美就先在電台的會客室，邊寫國文作業、邊等媽媽，不知不覺竟然睡著了。

「佳美，佳美！起來囉！」雅香輕輕推了推在會客室沙發上睡著的女兒。

佳美有點吃力的微微睜開雙眼，神情還是有些疲憊。

「咦？我睡著了呀！媽，妳晚餐時間到了喔？」佳美坐起身來，揉了揉眼睛。

「對呀！妳怎麼這麼累呀！就這樣睡著，小心感冒。」

「沒事啦！我也不知道怎麼會睡著。」

「那東西先放著，先去吃飯吧！」

佳美和媽媽今天又到簡太太的「簡記滷肉飯」報到了，今天店裡客人比較少，簡太太有時間和佳美母女多聊兩句。

「雅香，我跟妳說一件事。唉呀！我憋了好久呢！終於可以說了。」簡太太樣子有點激動。

「什麼事呀？」

「我認養了一個原住民小孩！之前沒講，因為不知道申請會不會通過。」

簡太太從圍裙的口袋拿出一張照片，照片中，簡太太笑得眼睛都瞇成一條

線了，蹲在地上，摟著一個原住民小女孩；小女孩也笑得開心，但雙眼不太敢直視鏡頭，透露著一絲靦腆。

「她有沒有很可愛？每個月只要一點錢，就可以幫助她的生活，可是我看她缺很多東西呀！就一直看她需要些什麼，就買給她啦！」簡太太看起來很滿足。

「哇！簡阿姨，妳好有愛心喔！」佳美還沒有遇過身邊有人認養小孩的。

「對啊！簡太太，妳一定是把她當成自己的女兒在照顧吧！」

「呵呵！我本來也以為認養的，會沒什麼感情，就每個月匯錢，也有點當作在做善事。結果我去和她見面的時候，她很害羞，但是主動牽我的手，很神奇！就在那一瞬間，我覺得心裡好溫暖，因為這個小女孩是把我當成她媽媽，是這樣的心態在牽我的手。唉呀！雖然不是親生的，但是心裡真的會感觸很多啦！」

簡太太說得投入，佳美媽媽好像也聽得認真。但是簡太太說到了牽手的感覺，所以佳美根本不敢看媽媽的表情是什麼。

「哇！那種感覺一定很棒吧！簡太太妳是多久可以有這個小女孩的最新消息？」雅香問。

「基本上我們可以通信，所以只要她有寫信給我，我都一定會回，所以就看她多常寫信給我。」

「真好，她應該有很多事情想跟妳分享。」

「對呀！因為我們都還在彼此了解，我已經收到她寄來的第一封信了！」

「哇！簡太太，真是太好了！妳多了一個女兒呢！」雅香開心的說。

「對呀！對呀！等時間久一點，我再來介紹佳美和她認識，畢竟都還是學生，我怕有些話她不好意思跟我說，那就可以跟佳美說。」簡太太連這個都想到了，看來是把小女孩當成親生女兒，每個部分都設想好了。

「沒問題啊！簡阿姨，只要我幫得上忙的地方，妳都不用跟我客氣唷！」

「是啊！簡太太，看妳這麼開心，我們知道這一定是件很棒的事情，所以

需要幫忙都不用客氣，我和佳美都很樂意幫忙。」

「謝謝妳們。哎！有客人來了，我先忙，妳們慢慢吃。」

「好，簡太太妳忙。」佳美和媽媽說了劉奶奶這幾天身體不太舒服，媽媽要佳美這幾天就算諺齊哥哥去補習、不能教佳美功課，還是要過去幫劉奶奶做包子，最近也會向劉奶奶多買幾個包子。

雅香其實很感謝和周遭這些人相遇的緣分，包括簡太太、劉奶奶和熊先生等等，大家都沒有私心的彼此照顧，所以只要有機會可以付出，不僅雅香自己會盡力，也教育佳美不要吝於付出，要真心關懷身邊的人。

晚餐後，佳美又到了熊叔叔家，和熊叔叔說了美勞課的畫畫作業，除了不知如何下筆，更困擾的是自己對媽媽又愛又覺得丟臉的矛盾情緒。

「熊叔叔，我真的沒想過有一天會要做這種作業耶！」佳美一臉沮喪，一張圖畫紙攤在熊叔叔工作室的大桌子上，仍十分潔白，沒有絲毫動筆的跡象。

「熊叔叔之前有做過護手霜和鑽戒的廣告，那時候蒐集很多手的圖案，我找一下喔！」熊叔叔的工作室其實很整齊，大桌子上，紙、筆和繪圖工具等，都有固定的位置，整面的大書櫃都是廣告設計的書，和許多蒐集素材的資料夾，但是素材還是多到無法完全收納，只好一落一落的疊在地上，熊叔叔就在這一疊疊資料中東翻西找。

「找到了！妳看，這麼多。」熊叔叔把資料搬到桌上，素材之多，看得佳美眼花撩亂。

有報章雜誌的剪報、素描、海報和許多照片。

「哇！真的都是關於手的。如果媽媽有手的話，不知道會是哪一雙。」

素材中有黑白照片，是媽媽抱著剛出世的小嬰兒，很是呵護溫柔；也有老夫妻手牽著手、相視而笑；有年輕女生手上捧著許多巧克力，開心的大笑。

但是熊叔叔知道，要讓佳美有辦法動筆，就要先讓佳美不要在乎媽媽沒有雙手。

「佳美，妳看這張圖片，像不像是妳媽媽會有的手？」

圖片裡的女人，衣著雍容華貴，白皙修長的手戴著炫彩奪目的鑽戒。

「哇！很漂亮、很貴氣。但是，這不像是媽媽的手，照片裡的手感覺很冰冷。」

「那這張呢？」圖片裡是一隻手拿著水果刀，另一隻手拿著檸檬，正在將檸檬切片。簡單的動作卻顯得很不協調，那雙手好從來就不熟悉切水果似的。

「手看起來有點笨拙，我覺得媽媽的手一定很靈巧！」

「嗯！再來，那這雙手呢？」

是一雙有些年紀的手，大約四、五十歲，正在織毛線。

「感覺……有點沉悶。」

「其實這些都是很好的照片，但是熊叔叔知道這些都不會是妳心目中的媽媽的手，像妳看第一張照片覺得冰冷，那是因為媽媽讓妳感到溫暖；第二張照片妳覺得笨拙，妳還記得妳說過媽媽其實對生活的事情有很多創意？」

「對呀！媽媽會叫我試著把切片的蘋果雕成兔子，結果我還真的做到了！還有一次媽媽要我把上衣的袖口縫上小花裝飾，結果我縫完了，沒想到袖口也被我縫死了，試穿的時候，兩個人真是笑翻了，哈哈！」

「媽媽心裡的期望，讓妳不曾對生活中的事物失去想像，這也反應在妳對第三張照片的想法。」

「其實，除了要向老師、同學隱瞞的時候，我幾乎不會意識到媽媽沒有雙手。」

「所以，媽媽有少了什麼嗎？」熊叔叔要佳美自己找出答案。

佳美拿起鉛筆，邊思考熊叔叔的問題、邊構圖。如果平常根本不會意識到媽媽沒有雙手，生活中又仍有溫暖與想像趣味，那自己真的有因為媽媽沒有雙手，而失去什麼嗎？如果沒有失去什麼，那又有什麼好丟臉的呢？

終於，圖畫紙上慢慢有了線條，熊叔叔自己也很期待佳美對事情的理解，會怎樣反應在圖畫作品中。

06.
寫信給爸爸

今天又是佳美寫信給爸爸的日子，媽媽下班回到家，佳美已經把信封、信紙放在餐桌上，正在廚房倒果汁。

「佳美，妳已經把東西準備好了啊！」

「對啊！這個禮拜都還沒有寫信給爸爸。」

佳美走出廚房，把兩杯果汁放在餐桌上。

「剛剛要離開電台之前，爸爸有打來電台。」

「咦？為什麼？爸爸怎麼不打回家跟我講電話？」

「國際電話很貴！爸爸難得有空檔，打電話回台灣，是算準了時間打給媽媽的。」

「那……爸爸說了什麼？」佳美又一次的失望沒有聽到爸爸的聲音。

每隔三到四個月，媽媽會接到一次爸爸的電話，佳美總是錯過！爸爸不是打去電台，就是自己剛好不在家。

印象中，上次聽到爸爸的聲音已經是一年半之前的事了，收訊很差，可能是因為聽不清楚，爸爸的聲音竟然和熊叔叔有點像。

「妳上次跟爸爸說手錶不見的事情，爸爸問我買新手錶給妳了沒。」

「爸爸還記得那件事情唷！那妳有跟爸爸說妳騙我嗎？」

大概一個月前，佳美的手錶搞丟了，也想不起來可能是掉在哪裡。雅香佯裝生氣，說是最討厭對自己的東西漫不經心的人了，其實隔天就趁佳美上課的時候，挑了一隻錶，等佳美晚上睡著的時候，放在佳美書桌，隔天早上，喚醒雅香的，是佳美又驚又喜的尖叫聲。

「呵呵！有啊！爸爸覺得很有趣！」

「哈哈！那爸爸現在工作情形怎樣？之前不是都要加班？」

「現在不用加班了，之前要加班是因為剛升主管，穩定了就又可以正常上下班。爸爸說那邊好熱，都吃不下，只想喝汽水，逛超市看到出了一種新的飲料，是櫻桃口味的汽水，覺得妳一定會喜歡！」

「是喔！有那種東西！台灣都沒有！」

「爸爸講到這邊也有點難過，因為在國外看到很多東西都覺得妳應該會喜歡，就很想買給妳。但是一想到妳在台灣，離他這麼遠，所以爸爸會更努力，現在當上了主管，以後當上更高的職位就可以跟老闆談，看看可不可以調回台灣。」

佳美低頭不語，雅香知道佳美心裡又不平衡了。

「佳美，妳又想問為什麼爸爸要一個人在國外這麼多年，好像把我們丟在台灣，對不對？」

佳美眼眶默默的蓄滿淚水，嘴巴緊緊閉著，還是不發一語。

餐桌是四人餐桌，雅香本來坐在佳美對面的位置，起身坐到佳美旁邊，摟著佳美。

「爸爸和媽媽都覺得很對不起妳呀！讓妳這麼思念爸爸，可是，這在當年是很難得的工作機會，爸爸也是掙扎很久才決定接下這份在國外的工作……」

雅香話還沒說完，佳美就開口打斷。

「我知道，媽妳說過很多次了。其實認識雨庭後，我有比較釋懷了，雨庭也常常見不到爸爸，而且她爸爸不是住在國外呢！」

佳美雖然最後給雅香一個微笑，但是雅香知道佳美心裡還是很在意。

「佳美，其實媽媽也很想爸爸，

可是只要想爸爸在國外工作，是為了讓我們有穩定的生活；讓妳有更好的成長環境，媽媽就覺得一切都是必要的。看著妳慢慢長大，長得這麼乖巧、懂事，我覺得一切都很值得，只怕不能給妳更好的。」

雅香說這些話的時候，佳美發現媽媽的棉質上衣的衣領已經洗鬆了，袖子有些地方可能是因為洗了太多年，洗薄了，有點快要破洞了。

媽媽上一次買新衣服是什麼時候呢？佳美不記得了，但是自己這個月才買新衣服，一個月前，媽媽又買了新手錶給自己。

「媽媽，其實妳、爸爸和我，我們三人都很辛苦，爸爸很想念我們、妳也努力工作，我會更懂事，不會讓你們的辛苦都白費了。」

雅香覺得佳美好貼心，一個才十四歲的孩子，沒有因為父親不在身邊、母親有身體的缺陷、家庭狀況又不是很好而變得叛逆，反而很懂事、很體諒。這讓雅香對佳美感到更歉疚，很希望能給佳美更好的生活環境。

「佳美好棒！妳要把今天的心情寫在信裡，告訴爸爸嗎？」

「嗯……不要好了，因為爸爸也很想念我們，我不想讓爸爸難過。我想跟爸爸說昨天下午的導師時間的事情！因為大家都說我煮的玉米濃湯很好喝！」

昨天的導師時間辦了一個小活動，老師要同學分組，每組準備一種食物，大家互相分享，是一場小型的同樂會。

「呵呵！好呀！妳說到煮湯，我想起妳小時候被電鍋燙到的事情。唉呀！真是嚇死我了，妳痛得哇哇大哭呢！」

「哈哈！對啊！我不知道電鍋冒煙是因為在煮東西，就好奇想摸摸看，我太調皮了喔！」

「我趕快讓妳沖冷水，抱著妳跑去醫院！」

雖然佳美從出生就是雅香一手照料的，即便沒有雙手，也已經照顧得很熟練了，但還是因為擔心緊張而手忙腳亂，趕到醫院的時候，披頭散髮不說，還要護士提醒才知道自己只穿了一隻鞋！

「後來有好一陣子，妳都不敢靠近電鍋，看到妳把電鍋當怪物的樣子，其實也滿好笑的！」

雅香想著佳美那時看到冒煙的電鍋，就癟著嘴，一副要哭的樣子，其實好可愛呢！

「呵呵！可是我不一定被嚇到、或受過傷就會退縮害怕啊！像之前汪汪咬我，每次想找牠都被牠咬到，但我還是樂此不疲。」

「汪汪啊！對耶！有時候都不覺得汪汪已經不在了。」

汪汪是雅香和佳美的鄰居養的狗，大型犬，對陌生人很不友善，所以雅香母女剛搬來的時候都會盡量避開汪汪。

孰不知佳美其實對汪汪很感興趣，開始自己偷偷接近汪汪，幾次都被汪汪咬住褲管或衣襬，佳美竟也不害怕，反倒是雅香得時時提防佳美被汪汪咬傷。最後汪汪習慣了佳美和雅香的存在，不僅不再兇惡，還會主動撒嬌呢！可是汪汪在巷口被卡車迎頭撞上，當場就死亡了。

「劉奶奶的好吃包子還是汪汪的最愛呢！啊！媽媽！我要寫信叫爸爸養隻

狗！」

「啊？養隻狗啊？可是爸爸這麼忙，怎麼照顧狗呢？」

「可以啦！有狗狗陪著，爸爸就不會太孤單！」佳美和汪汪的回憶都很開心，相信養一隻狗一定會讓爸爸的生活更快樂。

「那妳要爸爸養什麼狗？」

「嗯……不要限制好了，國外應該有流浪狗收容中心吧！叫爸爸去選一隻喜歡的，這樣不僅爸爸不會孤單，又可以少一隻流浪狗。」佳美知道很多寵物店為了賣最熱門的狗，都會大量繁殖小狗，日後熱潮過了，又造成很多小狗被棄養，所以不如領養流浪狗。

「嗯！好！至少爸爸每天下班回到公寓，都有一個伴。」

「狗狗就取名叫汪汪！」

「好呀！要叫爸爸每天帶汪汪去散步喔！」

「佳美，那妳想不想聽媽媽在節目上講汪汪的故事？」

「好！我要聽！聽到汪汪的故事從收音機裡傳出來，一定很特別！」

「那我可以在電台講妳小時候，一度把電鍋當怪物嗎？」

「不行！那真的很糗耶！哈哈！」佳美想佯裝生氣，但還是忍不住笑了出來。

這天晚上，佳美和媽媽又是一起回憶小時候的趣事、討論要告訴爸爸什麼事，氣氛好歡樂。佳美覺得就算爸爸在遠方，此時此刻，還是有一家人共同陪伴分享的溫馨，感覺好滿足。

07. 午安枕

雅香前天早上去市場買水果的時候，經過賣枕頭、棉被的攤位，想到佳美之前一直說午休的時候，頭枕在手臂上睡，手都會麻掉，就挑了一個淡紫色、有很多隻小熊圖案的午安枕給佳美。回家之後，先把午安枕洗過、曬過，今天終於可以讓佳美帶去學校了。

雅香把抱枕裝在紙袋裡，拿給佳美，佳美正在客廳吃早餐。

「佳美，午安枕都洗乾淨了，而且昨天中午太陽最強的時候，我都有讓抱枕曬到太陽，殺菌過了，很乾淨。」

佳美接過紙袋，對著紙袋裡的午安枕深吸了一口氣，好舒服的味道！

「哇！都是太陽的味道，暖暖香香的。」

「對呀！每個禮拜都要記得帶回來，週末的時候就把午安枕拿去陽台曬曬太陽，才不會發霉，就可以用很久。」雅香邊說，邊開始整理客廳。

「好啊！小熊圖案好可愛，要是發霉要換掉，就太可惜了。」

「我也買了一個想要送給簡太太，打算有去她那邊吃飯時再拿給她，她認養的那個小孩，應該也會喜歡這個午安枕。」

「那我們今天晚餐就去吃啊！七點二十分了，我要去上課囉！」

「好，路上小心喔！」

佳美揹起書包，拎著裝午安枕的紙袋，出門上課了。

從一出門，佳美就開始期待今天的午休時間了，一路上心情都很好。第一堂課下課的時候，就忍不住把午安枕拿出來和明誠、雨庭分享。

佳美個子嬌小，從講台數來是坐在第三排，明誠和雨庭都坐在最後一排。

佳美拿出午安枕，正要起身走到教室後面，旁邊的同學已經先注意到佳美的午安枕了。

「咦？佳美，妳今天帶午安枕唷？」一個女同學先開了口。

「對呀！這樣午休比較舒服。」佳美嘴角忍不住上揚，新抱枕一下子就受到注意讓佳美心情更好了。

「小熊圖案好可愛唷！」

又一個女同學湊了過來，這幾個同學平常和佳美根本沒什麼交集，今天因為午安枕，都圍繞在佳美身邊，佳美好想趕快告訴媽媽，大家都覺得午安枕很可愛，心裡充滿了幸福的感覺。

學藝股長是個有點嚴肅的女生，坐在佳美旁邊，聽著大家的對話，突然就開口說：「嗯！圖案還算可以，但是做工有點粗糙，應該說是滿粗糙的，午安枕的其中一個邊完全都沒有把縫線內收耶！」

佳美愣了一下，沒有想到學藝股長說話這麼直接，而且自己根本沒有注意到縫線的問題，始終都覺得淡紫色配上小熊圖案很可愛，所以一時也不知道要回什麼。

圍過來的一個女生立刻接話。

「還是這是妳媽媽自己縫的啊？我媽媽也會做拼布，她有去上課，很多東西都會自己縫。」

「哇！佳美，這是妳媽媽縫的喔！真好！」

明誠看到幾個同學都圍著佳美，就走過來湊熱鬧，剛好聽見同學說「佳美的午安枕是媽媽親手縫的」，熱愛手工藝的明誠當然就開口問了佳美。

「佳美，這是妳媽媽縫給妳的喔！我都不知道妳媽媽會做東西給妳。」

佳美還是反應不過來，現在是怎麼回事？根本沒有人等著佳美開口解釋什麼，事情就自動發展成這樣，連明誠都誤會了。

「喔！那難怪邊邊的縫線沒有內收，手工可以縫成這樣很厲害了。」連嚴肅的學藝股長也改口，開始稱讚佳美媽媽。

「哇！妳媽媽這麼賢慧喔！」

一名男同學手上拿著早餐，邊吃邊加入話題。

不知道什麼時候，害羞的雨庭也靠了過來，可能是和明誠、佳美熟了一段時間，比較不怕人群了。

「佳美，可以借我抱抱看嗎？」雨庭的聲音還是有點小。

雖然是一場莫名其妙的誤會，但是佳美從沒想過有一天媽媽會被稱讚，自己會因為媽媽而感到驕傲，甚至在此時此刻成為同學注目的焦點，所以下意識的開了口，說了連自己都訝異的話。

「對啊！這是我媽媽縫了四天才做好的午安枕呢！來，雨庭妳抱抱看。」

媽媽縫了四天？佳美其實心裡暗暗訝異自己竟然就這麼撒了謊，對於做一個午安枕要多久時間根本沒有概念；但是另一方面，覺得謊言好像也沒有被拆穿的可能，也沒有人對花四天縫製的時間覺得有問題，就又安心了一點。

「要是我媽媽才不會花這個時間呢！」最先因為午安枕而和佳美說話的女同學，有點羨慕的看著佳美。

「好啦！妳媽媽沒幫妳做便當，但是幫妳做午安枕，也是對妳很好。」明誠說。

「對啊！而且這個午安枕好柔軟喔！」雨庭對午安枕愛不釋手。

「我媽媽手真的很巧啊！雨庭，那這一個午安枕就送妳好了，看妳很喜歡

的樣子，妳就不要客氣吧！」

媽媽的手很巧？天哪！許佳美，妳媽媽根本就沒有雙手啊！妳這個虛榮的撒謊鬼！佳美在心裡暗暗責備自己。

「真的嗎？怎麼這麼好？」雨庭受寵若驚。

「雨庭妳賺到了，手工做的東西是獨一無二的。」明誠說。

「反正我媽媽再做就有了，一樣也會是獨一無二的，所以雨庭妳就把這個拿去吧！」

「謝謝妳，哇！我今天中午就有午安枕了耶！」

雨庭緊緊抱著午安枕，感覺比早上佳美帶著午安枕出門的時候，還要更開心。

周遭同學們又是一陣讚嘆，佳美根本沒在聽了，剛好上課鐘聲也響起，同學就各自回到座位上。

第二堂課佳美上得心不在焉，只要教室後方傳來一些講話的聲音，佳美就會覺得是不是和午安枕有關係，但其實同學只是在討論其他事情。

佳美的心情很複雜，本來有點驕傲大家都覺得午安枕很好看，之後因為虛榮心作祟而撒謊，不否認是媽媽親手縫製的，但直到體認到午安枕已經是雨庭的，自己不僅沒有一個午休用過那個午安枕，甚至竟然只擁有午安枕一節課的時間！那是媽媽買給自己，還特地曬過太陽的啊！

這天的頂樓午餐，佳美其實比往常沉默，但是雨庭和明誠都沒有發現，因此佳美又更悶悶不樂了。

兩個好朋友竟然沒有注意到自己不開心，甚至也在心裡埋怨起媽媽，因為早就跟媽媽說過枕在手臂上午休，手都會麻掉，竟然學期都快結束，要放暑假了才記得買午安枕，就算沒有送給雨庭，也用不到幾天了，媽媽真是太不關心自己了！

一直到去電台找媽媽吃晚餐，佳美的不開心才終於平復一些，但還是悶悶

的。

佳美幫媽媽提著紙袋，紙袋裡裝著媽媽要送給簡太太的午安枕，和自己今天送給雨庭的午安枕一模一樣，佳美不時偷瞄紙袋裡的午安枕的圖樣，覺得那只是一個好普通的東西，媽媽怎麼好意思拿來送人。

「媽媽，妳真的覺得簡阿姨會喜歡喔？」

「其實我也不知道啊！但是人家簡阿姨平常都有在照顧我們，這次看她認養小孩這麼開心，就也想先送她一些什麼。」

「喔……媽媽妳會不會也想認養小孩啊？只有一個小孩會不會很無聊？」

雅香用一種很奇怪的表情看著佳美，好像覺得佳美的問題有點好笑，卻又有點哀傷的感覺。

雅香摟了摟佳美的肩膀。

「有幾個小孩並不重要，重要的是小孩是不是在自己身邊，是不是能照顧他、關心他。」

「那妳還是比簡阿姨幸福囉！畢竟我每天都在妳身邊，但簡阿姨只能和她認養的那個小女孩通信，而且小女孩要是沒有寫信，簡阿姨就不知道小女孩的狀況了。」

「媽媽有妳當然很幸福，但是我相信小女孩不會沒有寫信給簡阿姨的，因為簡阿姨現在等於是她的媽媽，能和自己的媽媽分享事情，是一件多快樂的事呀！」

「所以妳也喜歡我把事情都告訴妳嗎？」

「當然，但是不是要監控妳，而是媽媽也想參與妳的生活，是很在乎妳的想法喔！」

佳美正想接著說話，就被簡太太的招呼聲打斷了。

「雅香！佳美！來來，快進來坐。」簡太太隔著店門口切滷味的料理台，興奮的向佳美母女招手。

「簡太太，今天心情特別好呀？」雅香問。

「呵呵！我女兒又寫信給我了，我覺得她的字又寫得更漂亮了，一直說很謝謝我，還說覺得我這樣賣吃的很辛苦。唉呀！我也不會講，但是心裡真的很開心。」

「那我也很替妳開心呀！女兒這麼貼心，有些親生的小孩都還會覺得父母讓他們丟臉或怎樣的，沒想到認養的會這麼懂事，真的很有緣份。」

雅香邊說邊和佳美坐到一直以來習慣的位子。

「對啊！可是我要告訴她，我不會叫她來幫我賣吃的，要她放心唸書，之後做自己想做的事。」

「對了，簡太太，我今天帶了東西要送給妳女兒呢！佳美，把東西給簡阿姨。」

「唉呀！怎麼這麼客氣呀！」簡太太接過紙袋。

「我幫佳美買了午安枕，讓她帶去學校用，不然午休的時候，頭枕在手臂上，手臂都會麻掉，然後想到妳女兒，就買了兩個一模一樣的，但不知道這個圖案她會不會喜歡，挑這個是因為佳美喜歡小熊圖案啦！」

「是喔？佳美妳喜歡這個喔？我是都不知道小女生喜歡什麼。」

「嗯……我……」佳美一時也不知道怎麼回答，因為自己明明沒有特別喜歡小熊圖案啊！

「她小學二年級的時候，在書店看到小熊玩偶，吵著要買，但是當時真的沒有多的錢，佳美就這樣難過了兩天，我看了很捨不得，最後還是買給她了，她那時連睡衣都是小熊圖案的呢！」

這件事情，佳美自己都忘記了，媽媽竟然一直記得，佳美想了想，那隻小熊娃娃好像收在儲藏室很多年了，可能都已經沾滿灰塵了吧！突然，佳美很想趕快回家，把小熊玩偶找出來洗乾淨。

「呵呵！是喔！佳美妳很幸福耶！媽媽都怕妳手痠，還記得妳喜歡什麼圖案。」

「對啊！媽媽對我很好。」

佳美好愧疚，自己竟然因為無法忍受同學嘲笑午安枕的做工粗糙，就撒謊說是媽媽縫的，重點是，還送給了雨庭！

「哎唷！沒有啦！其實講起來也不好意思，都已經要放暑假了，我竟然現在才記得要買。」

「不會呀！孩子一定還是很開心的。佳美呀！今天妳用午安枕，有沒有很好睡呀？」

「嗯！有啊！真的差很多。」

天哪！媽媽如果知道自己在第一節下課的時候就把東西送人了，好像自己有多討厭午安枕似的，一定很難過！

「呵呵！佳美這個孩子就是這樣貼心，我一直忘記去買，她也不會跟我抱怨。」雅香很驕傲自己有這麼乖巧的小孩。

「對啊！小孩只要貼心，做父母的付出再多都會很甘願。今天給妳們加菜啦！小菜我請，要吃飽才能回家喔！」

店裡一下來了許多客人，簡太太話一說完就趕快招呼客人了，不一會兒就給佳美母女送上小菜，又繼續去準備食物，讓佳美母女沒機會拒絕，只好把招待的小菜全都吃完。

兩個人吃得太撐，就在電台附近多散步兩圈，雅香才去電台上班。

佳美回家，把功課做完之後，想把小熊玩偶拿出來洗，卻翻遍儲藏室都找不到玩偶，就決定早點睡覺，但是在床上翻來覆去，怎樣都睡不著，一直想著午安枕的事情，直到雅香下班，佳美才正慢慢進入夢鄉。

08. 雨庭的公主房

不知不覺，已經進入暑假第二個禮拜了，佳美終於又可以在家和媽媽共享白天的時光了。

早上散步去市場買水果、去文化中心看展覽等等，很簡單的生活，但是佳美就覺得很安心、很舒服。

這天早上，佳美在餐桌做簡報，是其中一項暑假作業，媽媽則在看報紙。

「佳美，妳今天和雨庭、明誠是約幾點？」

「十一點啊！雨庭的司機阿明會先去接明誠再來載我，這樣比較順路。」

「呵呵！感覺還是很奇怪，有多少人要去同學家是被司機載的啊！」雅香覺得這種經驗好像可以放進廣播小說的某一橋段了。

「哈哈！是很特別的經驗啊！而且阿明感覺人很好，雖然都只有放學的時候會和阿明隨意聊幾句，但感覺得出來是很親切、很誠懇的人。」

「等等阿明來載妳的時候，我也和阿明打個招呼吧！」

佳美本來覺得媽媽和阿明打個招呼也沒有什麼奇怪的，正要開口應好，腦

海裡卻很快的閃過一個念頭：要是阿明知道媽媽沒有雙手，很有可能會和雨庭聊起的，甚至等一下就和她提起了，重點是明誠已經在車上了！祕密一定會曝光，佳美趕緊回絕媽媽。

「媽，妳去打招呼好像不太好耶！」

佳美說得有點為難。

「怎麼會？雖然已經知道是白天接送雨庭上下課的司機，但是現在我女兒要坐他的車，我至少該知道司機長怎樣吧？」

「可是……可是雨庭說過，阿明是一個自尊心很強的人，雖然妳只是和他打個招呼，但是阿明可能會覺得妳是以為司機是壞人還是怎麼樣的，所以才要來確認一下，就會有不被尊重的感覺。」

「這樣啊！我是覺得沒有這麼誇張啦！但是如果有這些顧慮的話，其實我也沒有一定要確認什麼，只是妳去人家家裡要注意禮貌，約十一點剛好是去吃午餐，是很不好意思的。」

「阿明會先去載明誠，所以明誠他媽媽已經先確認過了啦！而且雨庭她爸媽都不在家，所以沒有大人注意我們啦！」

雅香又叮嚀了幾句，就去陽台整理盆栽了。

差不多是阿明要到的時間，佳美就先到門口等，看到車子停在巷口，便小跑步到車子旁。

佳美坐上車，明誠在車上吃著餅乾。

「阿明，謝謝你來接我。」

「不客氣啦！難得有同學要來家裡找雨庭玩嘛！有準備餅乾給妳喔！我已經拿給明誠了，很好吃，是從國外帶回來的。」

明誠遞給佳美一包餅乾。

「真的很好吃耶！奶油香、鹹鹹的，一點都不會膩。」明誠吃得津津有味手上的餅乾只剩半包。

「哇！好棒喔！一上車就有餅乾可以吃，但是不是要吃午餐了嗎？」

「沒關係吧？這餅乾真的口味很特別耶！」明誠說。

「對啊！沒關係啦！今天你們就開心玩，不用在意太多。」阿明笑著說。

佳美感覺好新奇、好期待，今天好像是小貴賓一樣，不用在意太多，只要開心就好，也就打開餅乾包裝，開始品嘗奶油餅乾的鹹香滋味。

雨庭家是一棟三層樓的透天厝，院子裡有步道和涼亭，車庫和院子相通。佳美和明誠下車走進院子時，雨庭已經聽到車聲，剛好也正走到門口，開門迎接朋友來訪。

「佳美！明誠！」

雨庭的語氣非常興奮，不若以往的害羞靦腆，在自己家裡顯得大方自在許多。

「哇！雨庭，妳家還真是……還真是不簡單耶！」明誠先開口讚嘆，佳美則是還在適應眼前看到的一切。

雨庭笑得很開心，顯然也認同並自豪自己的家是如此美輪美奐。

三人進到屋子裡，光是在讓客人換上室內拖鞋的玄關就有小沙發可以坐，進到客廳盡是大氣的設計：大理石地板、磨石牆面、實木家具等等，還有許多水晶玉石的擺飾品，尤其是紫晶水晶洞，深沉的紫色透著光澤，實在是太美麗了。

「雨庭，妳爸媽很用心在布置家裡耶！有那麼多水晶，牆上還有字畫、風景畫。」

佳美只有和媽媽去文化中心時，才會看到那麼多擺飾和藝術品出現在同一個房間。

「媽媽拿回來的多半是朋友送的，爸爸則是出國工作時，會從各個國家買藝術品回來。」

「我爸爸也在國外工作，但是都沒有買很多東西回來。」佳美說。

「其實這樣才好，我覺得雨庭家這樣實在堆了太多東西了，而且我記得妳

說妳跟妳爸爸都會通信呀！我覺得寫信比買這些東西還要有意義。」明誠這番話說得直了一些，但是雨庭心裡其實也是認同的。

「是啦！其實也不太算是通信，我爸很少回信給我，雖然他隔幾個月會打電話回家，但幾乎都是我媽媽接到。不過至少因為寫信，所以我爸對我的狀況都還挺清楚的，這一點我可能就覺得真的是比有沒有從國外寄東西回來還要重要。」

「不過，雨庭，妳家還是真的很漂亮！」明誠說。

「呵呵！謝謝！月梅阿姨應該已經煮好午餐了。」

雨庭話才剛說完，煮飯阿姨月梅就從廚房走了出來。

月梅阿姨年約五十五歲，個子不高，稍微有些福態，臉上常常帶著微笑，但即便不笑的時候，也給人一種很慈祥的感覺，說話的速度有點慢，但只是讓人覺得更親切和善。

「雨庭，妳的朋友來了啊！是佳美和明誠對吧？」

「月梅阿姨好！」

佳美和明誠異口同聲的問好。

「好、好！午餐煮好了，大家快來吃飯吧！」

雨庭家的餐桌是一張大圓桌，桌上還有在餐廳才會看到的轉盤；餐桌旁有酒櫃，裡面的酒沒有一瓶佳美認得，標籤上全都寫著英文；餐桌的另一側是一扇窗，窗外正好是院子裡的大樹，整體用餐環境很是典雅。

餐桌上已經擺滿了菜餚，都還冒著熱氣。

「坐吧！坐吧！我們來開動了！」

一方面可能是因為很少有同學來家裡玩，另一方面可能因為是在自己家，雨庭今天都比平常大方活潑。

「每一道菜看起來都好精緻，根本就是雨庭午餐的豪華版嘛！」

明誠已經打算回家之後告訴媽媽今天在雨庭家吃了什麼好料的，媽媽就又可以學到新料理了。

「我看得都餓了，謝謝月梅阿姨，妳真的好厲害。」佳美說。

「沒有啦！就簡單做幾道菜，大家快開動吧！我還有點事要忙呢！」

原來月梅阿姨除了煮飯還兼打掃，所以通常都是煮完飯之後就要開始打掃工作。

三人便開心的開始享用起午餐，聊得開心連胃口都一併變好了，雨庭甚至還添了第二碗飯呢！

吃飽之後，三人到了雨庭的房間，又是一陣驚嘆！

除了房間中央的雙人床掛有蕾絲紗帳，十分夢幻，最大的焦點就是房間簡直被玩偶娃娃包圍了！

「我爸媽常常會帶玩偶給我，但是都不是我要求的，他們可能覺得至少讓我有玩偶作陪吧！然後不知不覺就堆了這麼多。」

雨庭的語氣有一半是被疼愛的喜悅驕傲，另一半是因為玩偶越多，代表爸媽越少陪伴自己而有的失落感。

「妳的房間真是太夢幻了，好多東西都是粉紅色的。咦？而且妳竟然還有自己的梳妝台。」

佳美今天真的是開了眼界。

「雨庭，妳根本就可以開店賣玩偶了。」明誠真的覺得玩偶的數量多得驚人。

「呵呵！那明誠妳做的首飾可以和我的玩偶一起賣耶！小女生一定也會喜歡的。」雨庭說。

「不只是小女生喔！女孩子只要是喜歡玩偶的，不管到幾歲都會持續蒐集新的玩偶，所以明誠的飾品可以賣給任何年紀的女生。」佳美肯定的說。

「講起來好像也不是不可能耶！玩偶和飾品，我們可能還可以賣下午茶，有精緻的蛋糕之類的。」明誠眼底閃爍著夢想的光芒。

「呵呵！我從來沒這樣想過耶！」雨庭說。

「那雨庭妳本來有夢想未來要做什麼嗎？像明誠雖然喜歡手工藝，但是不

確定未來能不能靠這些養活自己，所以也不知道該做什麼。」佳美說。

「真的，我自己根本就不確定以後到底要怎麼辦，就只能先把現在該做的做好。」

「我唷！其實我爸媽都沒有特別限制我，我爸說不管我想唸書、開店或是去接他的公司，他都很支持。但是我還是不知道要做什麼，因為不管做什麼成功了，好像都是因為爸爸的幫忙，而不是因為我很努力或是我很厲害。」原來家裡有經濟背景支持夢想，也還是會讓人感到煩惱。

佳美想著，自己不僅不知道自己未來要做什麼，甚至可能很多時候，都在思考要如何向同學、朋友隱瞞媽媽沒有雙手的事實，只知道擔心現在，沒有規畫過未來。

但是話又說回來，事情會不會像劉奶奶說的一樣？畢竟劉奶奶也不是年輕的時候就知道自己以後會賣包子呀！所以現在是不是真的還不用煩惱未來要做什麼？

「雨庭，我覺得妳不用想這麼多耶！例如妳若是要開店，有爸爸幫忙，妳就可以少掉為錢煩惱的時間和精力，而可以專心規畫店面發展。但妳要是真的會覺得一切不像自己的努力，而是爸爸的幫忙，那妳也可以拒絕幫忙，從頭靠自己努力呀！」明誠說。

「全部都靠自己喔……我好像到目前為止都沒有靠自己做過什麼事耶！我連煮開水要用哪個瓶子都不知道。」雨庭感到有點挫折。

「呃！雨庭，煮開水是用專用的壺，有汽笛的那種，不是用瓶子。妳會看到水在瓶子裡，是煮好之後倒進去的。」明誠有點尷尬的糾正雨庭，佳美則早已在旁笑彎了腰。

「哈哈！對不起，我不是故意要笑妳的，只是妳真是太可愛了。哈哈！」雨庭本來覺得自己很糗，但看到佳美笑得這麼開心，也忍不住開始覺得好笑，三人最後就笑成一團，把對未來的煩惱都先拋諸腦後了。

佳美和明誠要離開雨庭家的時候，剛好月梅阿姨打掃完了也正要離開。

一下子，偌大的屋子裡只剩雨庭一個人，突然佳美覺得客廳的大理石地板沒有第一眼看到的時候那麼大氣、紫晶水晶洞也沒那麼閃亮了，反倒都顯得太過冰冷。

佳美在家的巷口附近下了車，看到婆婆和媽媽在巷口道別，然後各自往反方向走去，媽媽應該是要去買東西，最近家裡幾樣日常用品都用完了。因為離開雨庭家時，雨庭各給了佳美和明誠一盒甜點，是雨庭爸爸前幾天從日本帶回來的，佳美便想先上樓放東西，再追上媽媽，一起去採買。

佳美回到家，注意到沙發上有一條手帕：淡咖啡色，上面有金線繡了一些圖樣，這是婆婆的手帕！婆婆應該還沒走遠，佳美拿起手帕，往婆婆離開的方向一路尋找，很快就看到婆婆在下一個路口等紅綠燈，佳美追了上去，叫住婆婆的時候已經氣喘吁吁。

「婆婆！婆婆！」佳美一手捂住胸口，試圖穩住呼吸。

「佳美！妳怎麼追上來了？」

「手帕，妳把手帕忘在沙發上了。」

佳美把手帕遞給婆婆。

「唉呀！真的是忘了帶走，謝謝佳美呢！」婆婆接過手帕，小心的收進包包。

「婆婆，妳是要怎麼回家？」

「坐公車呀！佳美妳知道親子五號公園嗎？有噴水池的那一個公園？」

「喔！我知道！以前熊叔叔有帶我和媽媽去過一次，有點遠呢！」

「熊叔叔？」

「是我們搬來這個社區之後認識的人，我有時晚上都會去熊叔叔家等媽媽下班。」

「是這樣啊！婆婆家就在公園旁邊，是一棟紅色屋頂的兩層樓透天厝，很好認的。佳美有空可以來找婆婆呀！我們可以去公園野餐喔！」

婆婆固定每個月都會來家裡一次，已經這麼多年了，媽媽還是很防備佳美和婆婆有任何互動，所以佳美根本不敢貿然答應婆婆的邀約。

「喔！我會再看看，那婆婆路上小心喔！」佳美說著，轉身就要離開。

「哎！佳美呀！」婆婆開口叫住佳美。

「嗯？怎麼了？」佳美停下腳步。

只見婆婆略顯無措的緊緊抓著包包的揹帶，一副欲言又止的樣子。

「婆婆，妳要說什麼？」佳美也覺得氣氛有點不對，不知道是會變得尷尬還是凝重。

「妳……嗯……沒事，沒事。」婆婆雖然說著沒事，但表情比較像是在懊惱自己怎麼沒有開口的勇氣。

「好，那婆婆妳有想到什麼就以後再說，我先走了喔！」

佳美向婆婆揮了揮手，就轉身往媽媽平常會去採買日常用品的店鋪方向走去了。

其實和婆婆單獨交談的機會可以說是沒有，所以佳美心裡知道就算婆婆想起了什麼要說，也沒有機會告訴佳美，相信婆婆也明白這一點。

佳美並沒有把和婆婆講話的事情告訴媽媽，只分享了去雨庭家的經驗，很快的，和婆婆的這段小插曲在佳美心裡就變得很淡，淡得像是不存在一樣了。

09. 得獎了

這天，熊叔叔在廣告公司的同事要到熊叔叔家聚餐，熊叔叔就請佳美今天晚上一定要來，有機會多聽一些社會人士的想法，對思考未來很有幫助。

小陳是資深的廣告人，比熊叔叔早七年進公司，只要小陳經手的，一定都是大案子；大胖帶了老婆一起來，大胖比熊叔叔年輕，是後起之秀，最初幾年還當過小陳的助理；還有一個女生，大家都叫她琪琪，看起來是很獨立，三十出頭，似乎很享受單身，所以將全副精力都奉獻在職場上。

佳美把上次雨庭給的那一盒甜點帶來和大家分享，大家都吃得讚不絕口。

「哇！佳美，這個甜點很不簡單哪！甜而不膩、綿密又不過於軟爛，很值得、很值得。」小陳一邊吃，一邊把咬了一口的甜點拿在手上細細端詳，連聲稱讚。

「很值得？什麼意思？」雖然知道是讚美，但是佳美聽得一頭霧水。

「小陳說很值得的時候，就代表這個案子可以做，這個甜點好吃到小陳想幫它做廣告文案呢！」大胖解釋道。

「呵呵！大胖你都已經不是小陳的助理了，怎麼還改不了助理的樣子啊！你就讓小陳自己解釋呀！」琪琪說。

「至少他現在知道要叫小陳就好了，剛從助理升上來的時候，還是改不了口，一直叫小陳『陳哥』呢！」熊叔叔說。

「哎呀！我哪有什麼改不掉的助理樣子，我是敬老尊賢哪！」大胖被糗了那麼多句，也不甘示弱做出一些反擊。

「真是的，但你就是這樣口齒伶俐，腦筋又轉得快才有辦法短時間就從助理升上來。」小陳對大胖的調侃不以為意。

「喔？在廣告界要從助理升職是很難的嗎？」佳美問。

「不容易喔！助理要做很多基本、瑣碎的事，又要有效率、不出錯，有些人撐不過去，就離開廣告界了。」熊叔叔說。

「所以那時候大胖敢結婚我就不驚訝，我知道他會升很快，否則當一個助理怎麼有能力成家。」小陳說。

「其實那時候家裡壓力比升遷壓力還要大呢！現在想起來還是會覺得……唉！」大胖沒把話說完，只拿起桌上的熱茶喝了幾口。

「大胖的爸爸那時生了重病，一直希望大胖回去接家裡的紡織廠，但那時候的工廠在台灣開始不太景氣，有外移的趨勢，再加上沒興趣，所以大胖不想接手，結果他爸爸還沒來得及看大胖升遷，就過世了。」熊叔叔說。

「天哪……那大胖叔叔，你會後悔沒有接下家裡的紡織廠嗎？」佳美問。

「其實不會耶！也有可能我接下紡織廠會讓我爸開心，然後心情好可能會活比較久，但是我人生的選擇就這樣沒有了。有些人可能因為很多原因，必須去做勞力工作，或是為了養家而做自己不喜歡的工作，做上一輩子！那都是不得已的，但是今天我喜歡做廣告，又有能力在廣告界找到自己的位置，我有什麼理由要放棄呢？」

「人生就是這樣啊！當你選擇了某樣，其實就代表一種放棄，你放棄了你沒選擇的那一樣，但是你不能總是盯著你放棄的那一樣，去想有多可惜、多後悔，那只是在浪費你的人生，你必須專注在你選擇的那一樣，然後努力發揮出價值。」琪琪說。

佳美馬上想到媽媽，媽媽從來沒有說過自己的夢想，也沒有厭倦現在的生活模式，總是在家務和工作之間反覆打轉。

佳美突然意識到媽媽雖然在世界上可能是一個微不足道的存在，但是在自己的生命裡卻是那麼偉大，若不是有媽媽，自己怎麼會有現在穩定的生活？甚至還可以思考未來「想」做什麼，而不是「只能」或「必須」去做什麼，而這是多麼幸運的一件事！

「咦？所以琪琪妳什麼時候要結婚？」小陳問。

「又來了，這些人總覺得我是放棄婚姻、選擇工作。佳美，阿姨告訴妳，專心在對自己有意義的事情上，婚姻和感情就順其自然，沒什麼好強求，也沒什麼好擔心的。」

「我知道，我也一直在想未來工作的事情。」

「未來其實主要就兩件事情在選，就是現實跟夢想而已。很少數的人可以實現夢想，多數人都要放棄夢想、面對現實。但是佳美，重點是要先有夢想，才有把握夢想的機會。」大胖有點感慨的說出這番現實與夢想的見解。

「對呀！人沒有夢想是很恐怖的，人生都沒有目標。」琪琪說。

「但是當然可以給自己時間找出夢想，重點是不可以放棄找出夢想。」熊叔叔說。

「那佳美以後想做什麼？」小陳問。

「呃！其實我因為沒有特別擅長或感興趣的事，所以還沒想過未來要怎麼辦。」佳美說。

「佳美其實很會畫畫，不是很寫實的那種，但是很有個人風格，而且說實在的，表達出來的意境很成熟。」熊叔叔說。

「畫畫是不錯，但是要出頭不容易，如果不排斥的話，小陳叔叔給妳一個建議，試試看攝影吧！一樣是圖像思考，但是比較大眾、比較平易近人。」

「我從來沒有想過攝影耶！說不定可以試試看。」

「大胖，你那邊不是有一台相機都沒有在使用？就借佳美試試看吧？」小陳說。

「可以啊！我最近也沒在拍。」

「那你有空再拿給我吧！我再拿給佳美。」熊叔叔說。

「哇！謝謝大胖叔叔！」佳美都還沒有機會碰過相機呢！

「拍的照片再給我們看喔！大胖叔叔可以給妳一些意見。」

「好！」佳美已經開始期待拿到相機的那一刻了。

這個晚上佳美覺得獲益良多，原來選擇的好與壞只在人的一個念頭而已，有了這個想法，佳美對未來雖然還是不確定，但是比較沒有那麼徬徨了。

隔天早上，佳美等媽媽把陽台的盆栽都澆水、稍微整理一下之後，就要去菜市場買點東西。

這時電話響了，是佳美的班導打來的。

「咦？老師，妳怎麼會打來？」佳美好意外。

「佳美，老師是打來跟妳說一個好消息！妳還記得妳放暑假之前做的美勞作業嗎？美勞老師要你們每一個人都畫一張『媽媽的手』？」

「喔喔！我記得呀！那個作業怎麼了？」

「美勞老師把妳的畫拿去投市政府舉辦的青少年畫作比賽，結果妳得了優勝！佳美，妳是第一名耶！」班導在電話那頭十分興奮驕傲。

「什麼？真的嗎？我得了第一名？」佳美不敢相信自己聽到的消息。

「是真的！頒獎典禮是下禮拜六，辦在中興堂，佳美妳當天早上九點就要到現場報到喔！」

「哇！好！天哪！我真不敢相信，謝謝老師打電話告訴我這個消息。」佳美好開心，自己竟然得獎了，雖然一切還是顯得有點不真實。

「要叫媽媽一起來喔！」

「啊？媽媽……媽媽每天都很忙耶！」

「可是妳得了第一名耶！媽媽是禮拜六也要工作嗎？可以先把時間挪出來嗎？」

「呃！應該是不行。」佳美又開始為難了。

「那妳再問問媽媽，就是下禮拜六，不要忘記囉！老師也好替妳開心！」

「嗯！謝謝老師，我會再跟媽媽討論看看。」

「好，那就先這樣喔！佳美再見。」

「老師再見。」

電話才剛掛斷，雅香就正好從陽台走進客廳。

「咦？有電話啊？是誰打的？」

「喔！是雨庭打來的，問我下禮拜六可不可以見面。」又撒謊了！每次只要是需要家長出席的場合，佳美總是撒謊。

「當然可以啊！只是這麼早就在約了啊？前一天再問也沒關係吧？」

「就怕我會先安排其他事情嘛！」

「嗯嗯！我陽台弄好了，我們去市場吧！」

「好。」

在市場，佳美都逛得心不在焉。

得獎還是一件讓人開心的事，但是不能和媽媽分享，甚至不能讓媽媽參加頒獎典禮，看到自己上台的那一刻，這些都讓得獎的喜悅心情減去大半。

傍晚媽媽去了電台，佳美就去找諺齊哥哥。

「諺齊哥哥，我心情真的好複雜喔！得獎很開心，但是要隱瞞媽媽又讓我覺得愧疚，尤其媽媽不能看到我領獎的那一刻，我就覺得很可惜。」

「佳美，妳不覺得這是一個很好的機會嗎？」

「很好的機會？什麼意思？」

「妳這次會是焦點，因為妳是第一名，剛好作品名稱又是『媽媽的手』，

這是妳一直在逃避的事情，藉這個公開場合邀請媽媽，一次突破自己心裡的障礙呀！」

「諺齊哥哥，你是不是覺得我這樣很過份？一直欺騙媽媽，又在意媽媽沒有雙手。」

「不會過份，因為有多少人需要去面對自己的媽媽天生就沒有雙手？所以某種程度上，妳已經做得很好了。只是這不代表妳可以一味的逃避，你必須正視自己心裡的障礙，積極的去跨越這個障礙。」

「我知道，所以我很不積極，逃避久了，好像就越來愈不想面對，畢竟要家長出面的場合也不是天天有。」

「所以諺齊哥哥很鼓勵妳，妳就利用這個機會，去邀請媽媽，妳不會後悔的。」

佳美被說服得有點心動，但是還是很猶豫。

佳美想起了熊叔叔的同事——琪琪說的話，「當妳選擇某一樣，就代表放棄了另外一樣」，所以自己現在是選擇了面子而放棄了和媽媽分享的喜悅？所以應該要專注在自己的面子而忽略媽媽的感受？怎麼邏輯好像有點不通？

晚上佳美也和熊叔叔說了得獎的事情，熊叔叔和諺齊哥哥一樣，除了很替佳美開心，也勸佳美和媽媽共享喜悅。

大家說的話，佳美不是聽不進去，只是又和之前簽聯絡簿的事情一樣，覺得拖過一天是一天。

就這樣，到了頒獎典禮的前一晚，佳美還是這樣告訴自己：「反正明天就是頒獎典禮了，還是之後再說吧！明天先過關就好了。」

10. 一束花

頒獎典禮這天，佳美藉口要和雨庭見面，一早就出門了。雅香也不疑有他，在家看著報紙，此時，電話響起。

「喂？妳好，請問是佳美的媽媽嗎？」

「妳好，我是，請問妳是？」

「我是佳美的班導，打來想確認妳知不知道要怎麼到會場。」

「老師妳好！請問妳是說什麼會場？」雅香聽得一頭霧水。

「咦？今天是佳美的頒獎典禮呀！佳美沒有告訴妳嗎？市政府舉辦了青少年畫作比賽，佳美得了優勝呢！」

「真的呀？唉呀！真是太棒了！佳美沒有講，一定是怕我還要工作，希望我多休息啦！真是的，得獎一定要去的呀！」

「對呀！怎麼沒說呢！佳美應該已經先去報到了，就在中興堂那邊，現在過去也還來得及。」

「好好好，我準備一下，馬上就出門！」雅香有點生氣，但是被滿滿的驕傲蓋了過去。

「好，路上小心喔！」

「好好，謝謝老師，老師再見。」

雅香想著，佳美這孩子平常從來都沒有要求過什麼，連算數學用的鉛筆，都削得已經短得握不住了，還是我發現了才趕緊幫佳美買新的；現在就連得獎了，都還怕耽誤我上班的時間，或是怕我休息不夠，所以都不跟我說，真是貼心得讓人心疼！這次要讓佳美驚喜，得獎是大事，不如買束花給佳美吧！

雅香到家裡附近的一間花店，以前從不曾踏進這間店。

就家裡的經濟狀況而言，「花」是一種華而不實的東西，所以都只會和佳美一起欣賞櫥窗裡展出的各種花卉。但是今天是值得慶祝的日子，所以雅香一點也不在意花這些錢，而且想到佳美收到花的驚喜樣子，也就覺得很開心。

雅香挑了一束粉紅玫瑰，襯著滿天星和一些紫色小花，用印有愛心圖樣的包裝紙紮成一大束，綁上粉紅色蝴蝶結緞帶，雅香還特地要店家在花束上加一隻小小隻的小熊玩偶，整束花顯得浪漫又可愛。

雅香趕到會場的時候，現場已是人山人海。

雅香一邊注意花束不要被來往的人潮壓壞了，一邊努力擠進會場比較看得到舞台的位置，現在台上是某國小的合唱團在表演，雅香只好努力在人群中辨認出佳美的位置。

看到了！佳美就坐在得獎席的第一排，好像也沒有在注意台上的表演，低著頭不知道在想什麼。

雅香已經沒辦法再擠到更前面了，要是佳美不回頭，雅香根本沒辦法讓佳美看到自己，所以只好等佳美上台領獎的時候了！一定要努力揮手，讓佳美知道媽媽好替她開心，為她感到好驕傲！

佳美心情好差！明明是自己得獎，但是現在卻很不想待在這裡；相較於其他得獎者，不僅爸爸、媽媽忙著幫他們拍照，有些甚至連爺爺、奶奶都來了！

帶了好多吃的、喝的，每家人都笑得好開心，只有自己是一個人來。

如果爸爸知道自己得獎一定很開心，但是因為不能讓媽媽知道，所以也不能寫在信裡告訴爸爸。台上的表演終於結束了，要開始頒獎，之後就可以回家了。

獎項從國小低年級開始頒，每一輪得獎者上台，家長就輪流擠到台前，爭取最好的拍攝位置，還有人上台獻花。

整體而言，現場十分混亂。

終於，輪到佳美的國中水彩組了。

佳美一上台，才看見整個會場鬧哄哄的，原來是擠進了那麼多人！掃視台下得獎和觀禮的人，發現有一個人好像捧著一束花，努力的朝舞台揮動手臂，佳美仔細一看，天哪！是媽媽！媽媽怎麼會來？現場很多人帶著花束，但是當佳美發現媽媽的時候，就只有媽媽那束粉紅色的花特別顯眼奪目，好美的一束花！

到底要不要向媽媽揮手，讓媽媽知道自己看到她了？但是媽媽那隻努力揮動的手，沒有手掌，雖然現場人很混亂，佳美還是感覺得出來，站在媽媽身邊的人都微微的和媽媽隔著一些距離。

是覺得一個沒有手掌、又努力揮動手臂的人很詭異、很恐怖嗎？但是媽媽沒有意識到，仍努力的揮動手臂想引起佳美注意。佳美趕緊移開視線，而且立刻想到等一下司儀會大聲宣布自己的作品名稱，那媽媽會有什麼感覺？想到這裡，佳美又擔心、又緊張，只能緊緊盯著自己的雙腳，希望這一切趕快過去！

雅香的手揮得好痠，汗水都把前額的瀏海浸濕了，佳美剛剛好像有往這個方向看，但是沒有認出自己。一定是這束花不夠顯眼，應該要聽花店老闆的建議，用亮黃色的包裝紙才好！現在只好等典禮結束，人潮散去才有機會和佳美碰到面了。

領完獎，佳美沮喪的回到座位上，心裡想著，會場一直鬧哄哄的，剛剛主

持人說出作品名稱時，應該也沒有辦法聽得很清楚吧！坐在佳美旁邊的女孩，領的是第二名的獎，剛走下台還興奮得很，直說等一下就要回家打電話給在日本的爸爸，女孩的媽媽則笑著說怎麼早上才通過電話，等一下又要打了。

這段對話讓佳美羨慕不已，竟然可以和在國外的爸爸一天通兩次電話，自己上一次聽到爸爸的聲音卻已經是一年半以前的事了。

當典禮結束，人潮便開始向會場外移動時，雅香的視線一刻都不敢離開佳美，深怕稍一不留神，就沒辦法和佳美碰到面了。

但是任憑雅香再努力的往佳美的方向移動，好像都沒有離佳美更近一些，突然有個孩子在雅香附近絆倒了，周遭的人一陣混亂，雅香也趕緊注意不要不小心踩到跌倒的小孩，就這麼一瞬間注意力的移轉，再一抬頭，雅香就沒有再看到佳美了。

典禮終於結束時，佳美在人群中努力推擠出一條路，不管腳被踩到、肩膀被撞到，只是匆忙的要離開會場，假裝自己根本不知道媽媽有來，也不敢注意媽媽是不是有在找自己。突然，人群中爆出小孩響亮的哭聲，有人大喊：「不要再推了！有小孩跌倒了！」

佳美和其他人一樣，忍不住把視線投向聲音的來源，就在這一刻，佳美看到媽媽了，小孩在媽媽附近跌倒，媽媽和身邊的人都注意不要踩到小孩，佳美怕媽媽的視線在下一秒就要投向自己，便又趕緊專注在人潮中努力前進，終於離開了會場，搭上回家的公車。

在公車上，佳美才注意到，不知道什麼時候，拿在手中的獎狀已經變得皺巴巴的了，印在上面的字也都因為紙張皺摺而變了形，只有作品名稱「媽媽的手」還是那麼刺眼。

11.
婆婆突然來訪

佳美回到家的時候，整個人覺得筋疲力竭，不知道是因為一路在人群中推擠，還是因為對媽媽矛盾的抗拒和愧疚感。媽媽已經去電台上班了，客廳桌上有一個水晶玻璃花瓶，是去年媽媽生日，熊叔叔送的生日禮物，媽媽一直沒拿出來用過，今天第一次看到花瓶出現在桌上，整個客廳都顯得不一樣了。最耀眼的當然還是花瓶裡的花——是媽媽今天捧著的那束花，佳美現在才知道原來花束上還有一隻小熊，要加這隻小熊一定要多花不少錢。

佳美頹喪的坐在沙發上，已經不想去分析今天的所有事情和心情。今天沒有吃早餐，正覺得肚子有點餓，想到廚房找點什麼來吃的時候，電鈴響了。

佳美開了門，是她意想不到的人。

「咦？婆婆，妳今天怎麼會來？」婆婆這個月已經來過了呀！

「佳美呀！媽媽在家嗎？」

「媽媽去上班了，晚上才回來喔！婆婆……婆婆妳要先進來坐一下嗎？」

「好啊！讓婆婆休息一下。」

其實佳美心裡很緊張，因為婆婆從來沒有一個月來家裡兩次，而且媽媽要是知道自己單獨和婆婆講話，不知道會不會生氣！雖然媽媽現在明明就在電台上班，但可能是一種「作賊心虛」的心態，佳美總覺得媽媽好像隨時會回來。

「婆婆，妳要喝什麼嗎？」

「喝杯水就好了，謝謝佳美。」婆婆拿出上次忘在家裡的那條手帕，輕輕拭去額頭的汗。

佳美進廚房倒水，看到食物櫃裡有麵包，但是不好意思在婆婆面前吃，只好餓著肚子，先陪婆婆說話了。

「婆婆，妳今天怎麼會來？」

「其實，婆婆想了很久，本來想和妳跟妳媽媽一起說的，但是妳媽媽不在家，可能這樣也好……」婆婆輕輕嘆了口氣，佳美有不安的感覺。

「要怎麼開始說呢！佳美，婆婆相信妳感覺得到，媽媽一直都不喜歡妳和婆婆說話，對不對？」

「嗯……」要是太附和婆婆，好像是在背後說媽媽壞話似的。

「那是因為有些事情，妳媽媽怕妳知道，但是婆婆……婆婆覺得，這樣對妳不好，所以，應該要把事情告訴妳。」

「婆婆，妳真的要說嗎？妳要不要等媽媽回來？」佳美覺得這樣單獨聽婆婆講祕密，好像是背叛了媽媽，因為自己明明知道媽媽很不希望自己和婆婆說話。

「唉！婆婆覺得妳媽媽可能還是不會想讓妳知道，但是，這樣妳媽媽永遠都不會快樂的。」

咦？媽媽不快樂嗎？佳美自己每天和媽媽相處，聽媽媽講故事、和媽媽分享學校有趣的事情，怎麼都不覺得媽媽不快樂？因為媽媽好像對很多事情都很感興趣，充滿活力與親切的氣質，這樣的媽媽，難道不快樂嗎？

「所以婆婆，妳是覺得，要是我知道祕密，對媽媽有幫助？」

「不管怎麼說，人的心裡只要揹負著祕密，就不會感到輕鬆舒坦的。」

佳美想到自己求學過程以來，努力的隱瞞媽媽沒有雙手的事情，所以才找上諺齊哥哥幫忙簽聯絡簿，找熊叔叔一起想出媽媽的手要怎麼畫，才會最後讓媽媽沒辦法在頒獎典禮上把花親自送到自己手上，原來，自己一直都覺得壓力很大、愧疚感很深。這應該就是婆婆說的，只要有祕密，人都不會輕鬆的。

「那婆婆，妳……妳要跟我說什麼？」不知道婆婆有多少事情要說，但希望婆婆可以一件一件慢慢說，佳美開始緊張，不知道自己能不能承受。

「婆婆想先讓妳知道，今天會想跟妳說這些事情，不是要讓妳傷心或胡思亂想的，而是希望可以不要再有祕密，可以在接下來的人生都不要有負擔，妳懂嗎？」

「好……我知道。」佳美變得嚴肅起來，感覺這是認真的事情，自己只能勇敢面對。

「妳媽媽，妳媽媽在生妳之前，還有生過一個小孩，那就是妳的哥哥，佳美，其實妳有一個哥哥。」

「啊？什麼？妳是說……什麼？」

佳美不敢相信自己聽到什麼，完全不能理解，媽媽怎麼還有別的小孩？媽媽怎麼能忍受每天都不能和親生小孩見面？媽媽為什麼不想讓自己知道？佳美心裡又是震驚、又充滿問號。

「妳哥哥，一出生就跟妳媽媽一樣，沒有雙手，我們就沒有養他，怕不會養，就送給別的人家，就在淡水八里那邊而已。」

「『我們』就沒有養他？婆婆，妳的意思是，媽媽也不要那個小孩？」佳美還沒辦法說是哥哥，只能講是「那個小孩」。

「也不是不要，但是就是會怕啊！經濟狀況又不好，孩子又這樣，送給有能力的人家養，也才不會害到小孩。我是猜妳媽媽覺得愧疚，就一直不敢告訴妳，怕妳覺得她是狠心的人，但其實妳媽媽很想念、很想念妳哥哥，婆婆都知道。」

「呃！哥哥，哥哥……」佳美每天都把「諺齊哥哥」四個字叫得很順，但

是今天自己的生命裡竟然莫名其妙多出一個哥哥，這兩個字唸在口中反倒覺得陌生、不自在，得要多唸幾次才會順口一點。

「婆婆，我……」佳美心裡頓時多了好多問題，一下子不知道該先問哪一個。

「沒關係，妳慢慢來，婆婆知道這個消息很突然，妳一定很難接受。」

佳美不是很難接受，是根本難以想像媽媽竟然隱瞞這種事，隱瞞這個世界上有自己親人的存在！也很難想像有哥哥這個人，好抽象的一個存在啊！

「那為什麼媽媽現在還不跟哥哥見面？」

「哥哥已經在那個家庭長大，很習慣了，不要去打擾呀！這樣對雙方都是困擾。尤其對方家庭把哥哥當親生小孩一樣照顧，現在哥哥長大了，身體健康穩定了，媽媽又去找哥哥，好像很說不過去。似乎是困難的時候都推給別人，狀況好了才出面。」

「婆婆，那妳怎麼……妳怎麼會知道這些事情？」

婆婆伸出手，輕輕拍了拍佳美的臉頰，然後雙手握住佳美的一隻手，慢慢的開口。

「其實，婆婆就是妳爸爸的媽媽呀！」

佳美瞪大了眼，覺得這根本不是現實生活，根本是某種很荒謬的戲碼，真想叫婆婆別鬧了，這根本不是真的吧！

「妳是，我的親奶奶？」甚至有這麼一瞬間，佳美閃過一個念頭：婆婆是不是年紀大了，開始會胡言亂語？甚至關於哥哥的一切也是假的！但是這個念頭很快就消失了，因為佳美知道婆婆其實腦筋清楚得很，只是這一切來的太突然，根本就不知道要用什麼情緒跟態度面對。

婆婆有點哽咽，說不出話，只是紅著眼眶看著佳美，不住的點頭。

「婆婆，我……我不知道該說些什麼耶！」佳美覺得自己好像沒辦法思考了，因為一直以來，對自己而言最重要的人就是爸爸跟媽媽。對於再上一代的長輩，印象都很模糊、也不在意，甚至還幾度覺得自己很幸運，不用像其他人

逢年過節都要返鄉，少了一樁事。現在自己身邊竟然也有了有血緣關係的「長輩級的人物」，一點都不習慣哪！

「沒關係，沒關係，妳慢慢來，不一定要說什麼。」

這天真是太詭異了，佳美一下子多了兩個親人，哥哥和奶奶！

「婆婆妳今天跟我說這些事情……那讓我知道『哥哥』的存在，可以對媽媽有什麼幫助？」

「妳媽媽每天和妳生活在一起，卻要隱瞞妳這麼大的一件事，思念自己的小孩也不能讓妳知道，這就已經是很大的壓力了。其實，妳媽媽身體這樣，生活上就有很多事情要克服的了。妳是最能陪伴妳媽媽的人，當然最好是能理解她全部的事情啊！」

佳美心想，自己好像從來沒有去思考媽媽有沒有生活上的壓力，反而只把媽媽當成一個要努力去隱瞞的存在。自己擔心同學發現媽媽沒有雙手時，會有什麼反應，但是卻沒有想過，自己可以把媽媽向同學藏起來，媽媽卻沒有辦法向社會把自己藏起來，還是要出門買東西、工作，總是要和人見面，媽媽有沒有適應不良的時候？媽媽有沒有很無助的時候？自己竟然從來沒有用這樣的角度體諒過媽媽。這樣佳美想到了今天的頒獎典禮，媽媽在台下努力揮著手，卻沒能吸引自己的注意時，是什麼感覺？

「婆婆，如果事情真的是這樣的話，那我有點覺得，自己平常好像太不關心媽媽了。如果我有多注意媽媽一點的話，我可能早就察覺媽媽因為對我隱瞞一些事情而有壓力了。而我卻只在注意自己有哪些壓力！」這是佳美心裡想的話，但沒說出來。

「沒有關係，妳從今天開始就可以更關心媽媽，等時間一久，希望妳媽媽可以釋懷，不要再認為自己是不盡責的母親，可以跟妳分享她的心情。如果妳媽媽知道妳可以包容這一切，對她而言一定會如釋重負。」

「那為什麼媽媽不要我知道妳是我的親奶奶？」

婆婆的眼神閃爍了一下，佳美現在還不知道這代表還有祕密沒有公開。

「其實媽媽給妳的生活環境很單純，也怕我會告訴妳這些以前的事情，媽媽不讓妳跟奶奶有接觸，其實是在保護妳，懂嗎？」

「嗯……」其實這個答案不能滿足佳美，但是今天已經知道夠多驚訝的事情了，就先到此為止，之後再慢慢了解。

「但是啊！今天狀況會這樣，其實奶奶自己在這中間要負很大的責任。」

婆婆已經開始自稱奶奶了，可是佳美現在還叫不出口，婆婆從皮包拿出一個小盒子。

「我一直以來都沒有以奶奶的身分照顧妳、關心妳這個孫女。妳媽媽很辛苦的帶著妳生活，奶奶也沒有幫到忙，雖然也是因為妳媽媽都拒絕奶奶，但是奶奶心裡還是對妳們還是有虧欠的，這個東西，奶奶一直都想留給妳。」

奶奶把小盒子打開，一只淡綠色的玉鐲靜靜的躺在鋪有絨布的盒子裡。

「奶奶，這個不便宜吧！我不可以收這個。」佳美沒有看過有首飾出現在家裡，更別提是要當禮物收下了。而且媽媽不知道自己和奶奶的這些對話，所以現在可是大大違反媽媽的「規矩」呀！

「這只玉鐲不是當成什麼名貴的東西送給妳的，這是奶奶的媽媽，在奶奶出嫁的那天送給奶奶的，現在奶奶傳給妳，是有家族意義的。佳美，每個人家族的延續和來源，就是每一個人的根，妳一直都只有和妳媽媽生活，對家族可能沒有感覺，現在奶奶給妳這只玉鐲，妳就知道自己也是屬於某個家族的，懂嗎？」

佳美靜靜接過玉鐲，放在手心微微有些重量，但是因為意義非凡，所以反而比實際上還要來得沉甸甸的。

「謝謝……謝謝婆婆。」

「佳美，妳不改口叫婆婆『奶奶』嗎？」奶奶微微笑著、看著佳美。

「呃……我……我一時還改不過來，妳會生氣嗎？」

「沒關係，當然不會生氣啊！妳可以慢慢來。甚至應該是奶奶要問妳，隱瞞妳這些事情，妳會不會生氣呢？」

「我？我不會生氣啊！我沒有想過要生氣耶！只是會很想理解為什麼。」

「現在妳知道一些頭緒了，之後都可以慢慢告訴妳，重要的是，妳媽媽也要能理解，妳是有資格參與這些事情的。」

「嗯！我知道了。」

「那奶奶今天就差不多該走了。佳美，下次如果妳有任何想法，都可以跟奶奶說，如果想要來找奶奶，就記得上次奶奶說過了，奶奶家在親子五號公園旁邊，是一間有著紅色屋頂的房子喔！」

「好，我有記得，婆婆妳回去的路上小心喔！」

「好，奶奶先回去了。」

婆婆離開之後，佳美第一個念頭就是：不管如何，這只玉鐲現在一定不能被發現！

佳美開始思索該藏在哪裡好，自己的房間太不保險了，因為媽媽隨時都會進來打掃整理，如果自己開始跟媽媽說之後會自己整理房間，媽媽一定會笑一笑，覺得自己很貼心懂事，然後還是會繼續幫自己整理房間！

佳美家有一間空房，不是儲藏室，但是長年都把暫時用不到的東西放在這間房間，久了也就有點像儲藏室了。裡面有個三層抽屜櫃，櫃子附近還堆了一些箱子，看起來平時根本不會有機會去搬動這些箱子來拉開抽屜，佳美覺得抽屜就是現在最適合藏玉鐲的地方。

佳美先把箱子搬開，有點意外沒有想像中的揚起一堆灰塵，抽屜很沉，佳美得出點力才能把抽屜拉出來，然而抽屜裡裝的東西讓佳美一時無法反應——是一整個抽屜的信！

這不是自己一直以來寫給爸爸的信嗎？怎麼會被收在這裡？

12. 親人

佳美把信一封封拿起來端詳，每一封上面都蓋「查無此地」的章，有些信甚至已經開始泛黃了。

這是怎麼回事？信為什麼從來就沒有被寄出去？

有些事情在佳美心裡突然都變得不合理了，像是就算爸爸在國外工作，有哪個小孩會到十四歲了都還沒有看過爸爸？自己怎麼從來都不覺得奇怪？而且自己媽媽怎麼突然變成了一個大騙子？騙了自己哥哥、奶奶的存在，現在連爸爸都是奇怪的謊言！

佳美把抽屜推回去，箱子擺回原位，隨便找了一個縫隙就把裝玉鐲的盒子塞進去。

玉鐲到底是不是很容易被發現已經不重要了，佳美現在只覺得想哭，可能是因為媽媽欺騙自己，也可能是因為自己怎麼這麼好騙！

佳美回到客廳，根本已經忘記自己在婆婆來訪之前想吃東西，現在也已經沒有胃口了。

突然，腦海閃過一個念頭：爸爸根本不在國外！因為媽媽可以隱瞞哥哥的存在，但是不能向自己隱瞞爸爸的存在。

因為每個人一定都有爸爸啊！所以只好說爸爸在國外，其實，爸爸一定是跟哥哥住在一起！也就是因為爸爸跟哥哥住在一起，媽媽才會放心都不用去找哥哥。

雖然很想念，但是至少知道有親人在照顧，會放心得多。至於為什麼媽媽要對佳美隱瞞關於爸爸和哥哥呢？佳美一時想不出合理的解釋，但是婆婆說哥哥在淡水八里，那爸爸一定也在那裏，只要找到他們，就可以當面問清楚了！

佳美馬上打給雨庭和明誠，約了明天一早就見面，但是在隔天的見面到來之前，佳美從來沒有覺得這麼煎熬過。

接受婆婆帶來的衝擊，自己發現的祕密，這一切根本都還沒來得及消化，自己就必須要在媽媽面前佯裝正常。

和媽媽心不在焉的吃過晚餐之後，佳美在媽媽下班之前就熄燈躺在床上，假裝是已經入睡了，其實根本整晚都輾轉難眠。好不容易熬到早上，連早餐都沒吃就趕緊出門了，畢竟還有什麼事情，比自己親人的真相更重要呀！

三人先在雨庭家碰面，月梅阿姨在雨庭房間準備了好豐盛的早餐，但是佳美一點胃口都沒有。

「佳美，妳這麼臨時約，到底是怎麼回事啊？」明誠不介意臨時的邀約，只是很好奇到底是為什麼。

「唉！我就不拐彎抹角了。昨天發生很多事情，非常誇張，我只能找你們幫忙！」

「佳美，只要做得到的，我都會盡力幫妳的，妳不要擔心，就全部說出來吧！」雨庭覺得自己現在可以知道有好朋友的感覺，都是因為佳美和明誠先敞開心胸的付出，所以只要有回饋的機會，都會不吝於給予的。

「事情是這樣的。有一個婆婆，每個月都會來找我媽媽，持續好幾年了，

我媽媽一直都很不希望我跟那個婆婆有交集，所以其實我們也沒有什麼交集。但是昨天我媽不在，婆婆卻突然來了，然後跟我說好多我媽不希望我知道的祕密！她說我其實有一個哥哥，然後她其實是我的親生奶奶！」

「啊？佳美，妳是在開玩笑嗎？」明誠從沒聽過這麼詭異的事情。

「不是開玩笑。我也很不敢相信啊！重點是，我爸爸在國外工作，所以每個禮拜我都會寫信給我爸，但是昨天我竟然發現那些信都沒有被我媽寄出去，都收在我家儲藏室的抽屜裡！」

「那意思不就是……」雨庭沒有辦法把這句話說完，因為這一切都讓人搞不清楚是什麼意思！

「意思就是一切都充滿謊言啊！」佳美覺得自己好像快要崩潰了，昨天自己聽見、發現這一切的時候還有點無法進入狀況，現在親口轉述給朋友聽，更體認到這一切都真的發生在她身上！

「那……那妳現在要怎麼辦？」雨庭問。

「我昨天有得出一些結論，我猜想我爸跟我哥住在一起，所以我要去找他們！」

「在哪裡啊？」明誠問。

「在淡水八里，那個地方不大，而且重點是，我哥有一些特徵……」雖然讓雨庭和明誠知道哥哥沒有雙手，不代表他們就會知道自己媽媽沒有雙手，但佳美還是有點緊張猶疑。

「什麼特徵呢？是有胎記還是什麼的嗎？哇！佳美，這一切感覺好不真實喔！」明誠說。

「我哥哥，天生沒有雙手，手腕以下是沒有手掌的。」

「怎麼……怎麼會？」雨庭不知道有人會天生就這樣。

「我也不知道為什麼，但是當年就是因為這樣，他才會被送給別人家養。婆婆說那家人的狀況比較好，比較能照顧這樣的小孩。總之這就是很主要的特徵。」

「不對啊！妳媽媽怎麼可能同意把小孩送走？」明誠問。

「所以我才會覺得我爸爸應該是跟我哥住在一起，不然我媽也不會放心才對。」

「那我們就直接去淡水八里找人嗎？」明誠問。

「但是還是需要你們願意陪我……」雖然是好朋友，佳美還是不敢直接要求。

「當然沒問題啊！雨庭妳應該也願意吧？」明誠不出佳美所料，爽快的答應了。

「可以呀！我只是擔心自己最後幫不上忙。」

「不會的，我馬上就有第一件事情要請雨庭妳幫忙了，就是阿明可以載我們去嗎？」

「阿明啊！阿明可能不行耶！我爸爸知道阿明都會接送我，所以會問阿明我都去哪裡，阿明雖然跟我很熟，但畢竟我爸就是他的老闆，所以阿明不會替我向我爸爸隱瞞什麼的。」

「那妳打算怎麼去到八里?」明誠問。

「那……嗯……」佳美一時也沒有想法。

「佳美,我們坐計程車去吧!」雨庭說。

「哇!雨庭,妳知道那要花多少錢嗎?我們還要坐回來耶!」明誠說。

「對呀!雨庭,那會很貴,我沒有這麼多錢。」佳美坐過計程車的次數可能不到三次。

「其實我也怕你們覺得我好像在炫耀自己家很有錢,可是現在是緊急的事件,我就沒辦法管這麼多了。我爸每個禮拜都會固定給我零用錢,其他時候也會不定期的就給我零用錢,例如說出國比較多天,就會給比較多。我知道那是爸爸心裡覺得對我的虧欠,雖然我要的並不是這些。」雨庭的眼神突然黯淡下來,那又是希望父母陪伴的失落。

「雨庭,可是那是妳爸爸給妳的錢,我不能就這樣把那些錢拿來花。」馬

上有錢可以坐計程車當然很好，但是這樣太自私了。

「其實那些錢我都存起來了，因為我之前根本沒有朋友可以一起出去吃飯逛街，而且我也不是常常想要買東西的人，放學就回家了。你們主動成為我的朋友，讓我體會了很多之前不知道的事情，知道被陪伴、被支持是什麼感覺。現在我的朋友需要幫助，就算你拒絕我，我還是想要幫妳，呵呵！」雨庭真心的想幫助朋友。

「雨庭……謝謝妳……」佳美好感動，一時不知道要說什麼。

今天只是希望朋友陪自己去八里找哥哥，沒預料金錢上的幫助，對於沒有收入的國中生，計程車費已經是一筆不小的支出。

「佳美，那我們就趕快出發吧！才會知道到底會有什麼消息跟線索。」明誠揹起包包，準備出發。

「對呀！佳美，妳就先不要擔心錢的事情了，我真的不介意，還是先出發比較重要。」雨庭也起身開始收拾隨身的東西。

「好，我真的不知道……」佳美不知道該說什麼表達感動和感謝。

「唉呀！沒事啦！妳要找人結果妳動作最慢，東西整理一下出發了啦！」明誠爽快的說著，希望佳美不要再這麼客套。

三人到了大馬路上，等了一會兒才攔到計程車，司機對於三名國中生要坐車到八里覺得有點不可思議，還好也沒有多問什麼，否則路途應該會變得很漫長。

到了八里，天氣晴朗，眼前的樓房櫛比鱗次。

幾攤小販賣著傳統中式早餐，菜攤的忙碌已經告一段落，坐在小攤上跟旁邊的店家聊起天，跟著爸媽出來擺攤的小孩則在街道上彼此追逐嬉鬧。佳美三人看著眼前的景象，有點不知尋人的任務要從何開始。

「佳美，妳覺得，我們要先從誰問起啊？」雨庭說。

「我也在想這個問題……」佳美也沒有尋人的經驗呀！

「我覺得可以先從比較老字號的店家或住戶問起耶！流動攤販就不要了，因為他們可能也是從其他地方過來賣的，對這邊發生過的事不一定熟悉。」明誠說。

「嗯嗯！有道理！那前面轉角有一間餅鋪，我們先去那間問起吧！」佳美指著一間騎樓掛有紅燈籠的店家說道。

三人到了店家門口，店裡有些昏暗，木頭樑柱散出老舊的氣味，混合著糕餅的香氣，一名老先生在櫃檯整理展示的糕餅。

既然是佳美要來找人的，當然就要先鼓起勇氣開口。

「你好，不好意思，打擾了。」

「呀！小妹妹，妳要買什麼餅啊？棗泥核桃、綠豆椪、蛋黃酥，口味很多喔！」老先生雖然年紀大了，但是聲音卻很有精神！

「伯伯，我們不是來買餅的，是有一些事情想請教你。」佳美說。

「那妳想要問什麼呀？」老先生對於三人不是消費者並沒有不開心，還是很和善有朝氣。

「想問伯伯你有沒有聽說過，大概十五、十六年前，這邊有人領養一個天生就沒有雙手的小男孩？」

老先生皺起眉頭，很認真的開始回想自己是不是知道相關的訊息。

「這個嘛……伯伯在這邊已經賣了四、五十年的餅了，還沒有聽過有這件事呀！你們怎麼會要來找人呀？」

「其實，那個沒有雙手的小男孩是我哥哥，我是來找我哥哥的，我們就是……一直都沒有見過面，所以才會來這邊打聽。」

「所以妳哥哥那時候是被帶來八里呀！這邊領養小孩的人家不多呀！小妹妹，不然妳去試試看斜對面那間鎖匙店，那間店的老闆對這邊更熟！很多社區的大小事都是他幫忙的，說不定他會知道這件事。」

「好好，那我去問問看，伯伯，謝謝你！」

「謝謝伯伯。」雨庭和明誠也向老伯伯道謝。

三人離開了餅鋪，到了斜對面的鎖店，店裡掛滿各種老舊的鎖匙、鎖頭，只剩狹小的空間擺放一台小型電視和一張在工作檯旁的凳子，店裡沒有人。

「沒人在耶！老闆可以就這樣把店丟著喔？」雨庭說。

「應該是他們這邊大家都很熟，所以不會發生什麼事吧！」

明誠話才說完，就聽到隔幾間店面的一名菜販向路口喊著。

「阿輝，有客人啦！」菜販是一個瘦小的太太，但是嗓門很大，所以路人也紛紛回頭看是誰在找「阿輝」。

只見一個老先生腆著一個大肚子，三步併作兩步的趕了過來。

「來了啦！來了啦！」老先生趕到鎖匙店的時候，已經滿頭大汗，脖子上就披掛著毛巾，不斷的拿起毛巾拭汗。

「阿你們是誰要打鎖匙？還是要換鎖、開鎖？」

「伯伯，不好意思害你這樣趕過來，可是我們不是要打鎖匙，是有些事情想請教你。」佳美說。

「問問題喔？哇！好哇！我知道就都跟妳講啊！」

「你們問對人了啦！很多人都找他問問題！他都不知道解決過多少事情了！」剛剛呼叫鎖匙店老闆回來的菜販太太說著。

「哈哈！沒有啦！我只是盡量啦！」阿輝笑得有點靦腆。

「那事情是這樣的，就是老闆你知不知道大概十五、十六年前，有一個天生沒有雙手的小男孩被這邊的人領養？」

「天生沒有手喔？喔！這邊領養小孩的人不多，我想想喔……如果我不知道的話，那應該是領養的那戶人家有在刻意隱瞞啦！我現在是沒有印象耶！」

「這樣啊！老闆你也沒有印象……」佳美好失望，以為鎖匙店的老闆消息很靈通，還想說找人這麼快就有線索了呢！

「可是我有遇到這邊住比較久的人，我都會幫妳問一下他們啦！妳是每天都會來嗎？怎麼要找那個人啊？」

「我自己也不知道我會待幾天耶！其實那個人是我哥哥，我們沒有見過面

……」

佳美也不確定自己是不是有很大決心一定要找到人，而且也沒有想到每問一個人，就必須要把事情的緣由講一次，這不會是愉快的經驗，因為畢竟是不好的經歷啊！

「這樣喔！我會幫妳問啦！阿妳要離開這邊之前就再來找我，有新消息我就跟妳說，不然妳也可以先去找里長，里長消息很靈通喔！」

「真的啊？那里長家在哪邊？」明誠問。

鎖店老闆跟三人講了里長的住處和服務處的地點。好不容易找到里長家，才知道里長有事去台北了，只好再陸續向幾個店家打探消息，甚至有住戶在院子澆花，也成了三人趁機詢問的對象。

一天下來，一點消息也沒有，離開八里之前又去找了鎖匙店老闆，一樣沒有新消息，只答應會再繼續幫忙問。

接著兩天，三人都還是到八里探詢消息。到了第四天，知道里長從台北回來了，正要走去找里長的時候，有一個老太太從身後叫住了三人。

「妹妹呀！妹妹！妳是不是在找人？」

老太太背已經有點駝，穿著花布衫，提著一個小錢包。

「咦？妳好……對，我是在找人。」佳美有點訝異。

「老太太，請問妳是知道什麼消息嗎？」明誠直覺事情就要有答案了！

「我想，妳要找的人就是我的鄰居領養的小孩呀！妳看到下一條巷子的轉角，那間有紅色磚塊的圍牆，就是那戶人家領養的。那個小孩身體很虛弱，不到一個禮拜，就生病過世了，所以很多人根本不知道呀！」

「什麼？原來……」明誠很是訝異，本來是想說原來我們一直在找一個早就不在世界上的人，但是怕不禮貌，所以就沒有說完。

「老太太，妳確定那就是我在找的人嗎？」佳美希望是老太太搞錯了。

「不會錯呀！一出生就沒有雙手，這種事難道是常常有的嗎？小孩夭折之後，那家人本來決定不再領養小孩，覺得好像是造孽了。沒想到女主人後來竟

然懷孕了，生了一個男孩，寵得不得了，好像在彌補之前夭折的小孩一樣。」

如果哥哥沒有夭折，是不是就是哥哥在享受這些寵愛？

「那我知道了，謝謝妳跟我說，不然我真的也不知道還能找誰問了。」佳美說。

「謝謝妳。」雨庭和明誠同聲說。

「佳美，那妳還好嗎？」

「我還好，只是覺得消息很突然。」其實佳美稱不上傷心，畢竟從沒和哥哥見面、相處過，就好像是知道一個從來不認識的人已經不在世界上一樣，只是好奇，那媽媽知不知道呢？

突然，一聲好響的雷，路上行人還忍不住驚呼出聲。三人這時才意識到，怎麼天氣已經幾乎要是狂風暴雨了！這幾天尋人的時候，每天天氣是都越來越糟，但是今天已經像是颱風天了。

在這種天氣，計程車比之前還要難攔到，終於招到一台計程車，沒想到司機卻不願意載他們到目的地！

「你們幾個小朋友，怎麼這種天氣還跑來八里？都沒有在看新聞喔！賀伯颱風已經是強颱了耶！」司機說。

「天哪！對！這幾天有賀伯颱風！我媽媽有叫我注意氣象動態，沒想到這麼快就轉成強颱了！」明誠說。

「對啦！所以我沒有辦法載你們回去啦！我本來就是直接要回家，今天就不做生意了。那是看到你們是小孩，我才想說那就載一下的。」

「那司機先生，你可以載我們到哪裡？」佳美問。

「親子五號公園那邊可不可以？我家就在那附近啦！」

親子五號公園？奶奶家就在旁邊呀！只好先去奶奶家避避風雨了！

「好，那就載我們到那邊。雨庭、明誠，我奶奶家就在公園旁邊，我們先去奶奶家好嗎？」

「好呀！只能先這樣了。」雨庭的眼神看得出有點害怕，這天的風雨真的很嚇人。

終於到了公園，奶奶說得沒錯，紅色屋頂真的很顯眼，三人在風雨中登門拜訪，奶奶看到時嚇了一跳。

「唉呀！佳美呀！怎麼在這種天氣還出門！快快，先進來！」

進到屋子裡，奶奶趕緊給三人遞上毛巾和熱茶。

「佳美，妳媽媽這種天氣還讓妳出門喔？」

「呃！沒有啦！我是跟媽媽說我要到同學家……」承認自己撒謊，佳美的聲音變得很小聲。

「這樣怎麼可以啦！這種天氣你們是要去哪裡玩？」

明誠和雨庭都看向佳美，兩人都不敢主動發言。

「其實，我去了八里。」佳美說。

「八里？這時候去八里幹嘛？」

「我想去找哥哥……然後，我竟然發現……」

「我知道，我知道，妳哥哥沒多久就夭折了。」

這下換佳美吃驚了，原本以為不管怎樣講，奶奶一定會大受打擊，沒想到奶奶一直都知道！

「我之前只跟妳說有哥哥在八里，沒想到妳真的會去找。」

「因為我發現我每個禮拜寫給爸爸的信根本沒有寄出去，所以才猜說爸爸應該是跟哥哥住在一起，才會到八里找哥哥。」

「佳美……其實奶奶還有事情跟妳說，妳爸爸早就跟妳媽媽分開，另外有一個家了。」

「啊？什麼？」

「我其實也是希望自己的兒子可以有美滿的家庭呀！奶奶承認那時候比較自私，就覺得妳爸爸應該要去娶別人，生健康的小孩，所以妳爸爸沒有在國外工作，也沒有和哥哥住在一起，妳爸爸早就另外有家庭了。」

在朋友面前被告知這種家庭祕密，還好是很要好的朋友，否則佳美一定會覺得很難堪。

雨庭則是第一次覺得，自己的爸爸媽媽也「只不過」是常常不在家而已，比起佳美，自己的家庭真是單純多了。媽媽隱瞞了哥哥的存在、奶奶的身分，或許都可以當成沒那麼嚴重的事情。但是騙自己爸爸在國外，讓自己以為信裡的內容，真的都有一個「爸爸」在看，現在想起來，自己寫的那些信好愚蠢，而且自己也很愚蠢，怎麼會這麼好騙？到了十四歲都沒有看過爸爸，竟然一點都不覺得奇怪！

「佳美，奶奶對妳跟妳媽媽，真的也很抱歉。」

佳美看著眼前這位優雅的老太太，心裡竟很難有責怪的感覺，畢竟她是做了以為最好的決定；就像自己的媽媽，以為讓自己寫信給根本不在國外的爸爸，是最好的決定。

佳美還想說些什麼，但是被奶奶打斷。

「佳美，妳之後還想問什麼事情，奶奶都會告訴妳，但是今天天氣真的太差，都已經晚上了，你們家人一定都很擔心，你們要先趕快回家才行。」

奶奶幫三人叫了一輛計程車，臨出發前，和司機再三叮嚀，一定要將三人安全送到家。

車子出發，越開越遠，佳美回頭看風雨中奶奶的身影和那間紅色屋頂的房子，突然覺得奶奶看起來有點脆弱、有點孤單。

13. 焦急的媽媽

「雨庭、明誠，不好意思，這種天氣還讓你們跟我在外面這樣跑。」

「佳美，妳別再這麼客氣了，妳是把我們當成很不願意付出的朋友嗎？」明誠故意反問佳美，就是要佳美不要再擔心了。

「對呀！佳美，現在重要的應該是妳，妳會不會打擊很大啊……」

「其實，我主要應該是很意外我媽媽跟奶奶可以對我撒謊這麼久。但是其實，這幾天發現的祕密，都是一直不曾真正出現在我生活中的人呀！真實生活裡，我從來沒有爸爸、哥哥和奶奶，既然之前可以好好生活，沒理由現在就不行。」

其實，自己還不是撒謊這麼久呢！撒謊學校沒有聯絡簿要簽、自己沒有參加運動會比賽、家長會有名額限制等等，自己有什麼資格怪媽媽跟奶奶？

「其實，我覺得妳媽媽是一個很勇敢的人，獨自把妳帶大，還想了寫信的方式，就是希望妳可以有爸爸陪伴的感覺，還要承受自己另外一個小孩不在身邊！」明誠說。

「嗯……我的確在生活中都不會覺得有缺少什麼。」佳美說。

車子已經開到佳美媽媽工作的電台附近，風雨中，電台門口好像有兩個人在爭執什麼。

佳美仔細一看，是媽媽和警衛李伯伯！李伯伯撐了一把黑色大傘，但是傘被吹得開花，有撐跟沒撐一樣，兩人在風雨中十分狼狽！

媽媽跟李伯伯在爭什麼？自己難道能就這樣安穩的坐在車上，若無其事的經過風雨中的媽媽？但是如果下車，雨庭和明誠就會知道媽媽沒有雙手了。

佳美想到剛剛明誠所說的：媽媽是一個很勇敢的人。如果連明誠都這樣認為，更何況自己還是媽媽親手帶大的，不更能體會到媽媽是如何勇敢的面對一切嗎？過了這個紅綠燈，就經過電台了，只剩幾秒鐘的時間可以決定，那麼要不要下車還需要猶豫嗎？當然不用！

「司機，不好意思，麻煩讓我在電台門口下車。雨庭、明誠，我在這邊下車就可以了，你們先回去吧！」佳美話才說完，就下車在風雨之中跑向電台。

雨庭和明誠兩人在車上面面相覷，一方面是佳美離開得突然；另一方面是佳美下車之後好像喊著媽媽，而那女人竟然沒有雙手。

「媽媽！」佳美一邊大喊，一邊跑向媽媽。

雅香聽到佳美的聲音，看到佳美

向電台跑來，整個人如釋重負的樣子，趕緊迎向佳美。

「佳美！妳去哪裡了？這種天氣妳是跑去哪裡了？我打去雨庭家，她家人也在找她呀！」

「對啊！佳美啊！妳是去哪裡啦？害妳媽媽好緊張，一直要我讓她進電台廣播耶！要廣播找妳耶！」李伯伯看見佳美出現也鬆了一口氣，終於不用和雅香繼續爭執了，但也忍不住數落起佳美。

「媽媽，對不起、對不起！」

「安全回來就好，我們先回去再說，趕快先回家。李先生，不好意思啦！我們先回去了啦！」雅香挽著佳美的手臂，趕忙往家的方向走去。

「好好！小心哪！」李伯伯也趕緊躲進警衛室，拿毛巾擦臉，但看來是要換一套衣服才不會著涼了。

雅香和佳美到家之後，佳美開口就要解釋今天發生的事情，但是雅香要佳美先去梳洗。

兩人都梳洗乾淨之後，雅香泡了兩杯熱茶，坐在客廳，這才讓佳美開始解釋。

「其實，我去找奶奶了。」佳美不敢看媽媽，只敢盯著桌上熱茶冒出的熱氣。

「奶奶？妳是說妳知道每個月會來家裡的婆婆，是妳的親奶奶？」

「對，我也是最近才知道的。」

佳美把之前奶奶將手帕忘在家裡沙發上，還有一次意外來訪、哥哥的存在和那一堆其實沒有寄給爸爸的信，全都告訴了媽媽。

雅香一時說不出話，她不確定佳美把這些事情消化得如何。

「媽媽，很多事情我都可以不在乎，但是爸爸，爸爸的事情我覺得打擊最大。原來我爸爸是不要我了，而不是在國外工作！」佳美有些哽咽。

「佳美，當然妳爸爸要離開我們，他也很痛苦，有一大部分是來自奶奶給他的壓力，但我自己知道我是這一切的原因。我也害怕如果不分開，妳會在一個不快樂的環境中長大，所以才願意獨自把妳撫養長大，又不希望爸爸在妳的生活中缺席，所以才想了這樣的方式，妳能理解嗎？」

「其實我這陣子想很多，我發現我一直都只在乎自己。媽媽，其實我一直都把聯絡簿給諺齊哥哥簽，運動會我都有比賽，可是我不知道同學看到妳會怎麼想，我擔心自己被嘲笑、被排擠。可是就是這樣，我一直都只想到我自己，還覺得隱瞞讓我壓力很大，但是卻沒有想過媽媽，我沒有問過妳小時候是不是被欺負、長大是不是要抵抗異樣眼光、有沒有很無助沮喪的時候……」

佳美話說到這裡，雅香抿緊雙唇，靜靜的流下眼淚。

「雖然妳欺騙我關於爸爸的事情，但是那也是為我著想，而不是自私的行為，所以我怎麼能怪媽媽呢？因為媽媽一直努力要讓我什麼都擁有，而且都是擁有最好的！」

雅香看著佳美，覺得又感動又心疼，感動女兒這麼懂事，願意理解包容這一切，沒有對這個家充滿怨恨與不滿足，有這樣的女兒是多麼幸運呀！另一方面又心疼女兒終究必須面對這一切，如果可以讓她在這個年紀過無憂無慮的生活，那該多好呀！

「媽媽，妳不要哭了嘛！」佳美伸手抹去媽媽臉上的眼淚，但是自己也在哭。

「佳美，媽媽覺得妳好懂事，媽媽真的很感動，也覺得很對不起妳。」

「媽媽，我也覺得很對不起，我應該要真正坦然接受妳沒有雙手的事情，不應該只在乎自己擁有或失去什麼。」

這一晚，佳美和媽媽互相傾訴許多心底的感受直到深夜。

經過一整天的奔波煎熬，雖然就寢的時候身體已經非常疲憊，但是心靈卻是第一次如此放鬆，兩人都睡得又甜又沉，還都做了好夢呢！

14. 最後的眞相

佳美起床的時候，雅香已經在準備早餐了，熱熱的吐司香從廚房傳出來。

「媽，昨天那麼晚睡，妳怎麼不多睡一點呀？」

前一夜兩人聊得好晚，今天看到媽媽，佳美覺得更像無話不談的母女了。

或許奶奶是對的，有祕密讓人有負擔、也有距離，說出來沒有不好，親人本來就要共同承擔與扶持。

「習慣這時間起床了，早餐就快好了喔！我早上看新聞，好多地方都有災情，你們昨天平安回家真的很幸運。」雅香把土司放到盤子裡，佳美幫忙抹上果醬。

「我看今天風雨好像有比較小了，昨天真的很誇張。」

「對呀！熊叔叔剛剛打來，問我們颱風天家裡吃的東西夠不夠，還說晚一點帶我們一起去大賣場買東西喔！所以等一下吃完早餐就先去換衣服吧！」

「好哇！又可以逛大賣場了！」

每次和熊叔叔逛大賣場都可以買到媽媽不讓自己買的糖果餅乾，所以佳美

好喜歡和熊叔叔逛大賣場。

「妳唷！熊叔叔自己沒有小孩，才會覺得讓小孩吃太多糖果餅乾沒什麼不好，真是的。」

雅香每次看到購物車裡放著巧克力、洋芋片就覺得很頭大。

「可是也難得嘛！又不是每天都去買。」佳美調皮的笑了笑。

或許今天去逛大賣場也好，經過昨夜可以有一個愉快的購物時光，感覺真是一掃陰霾了呢！

不出雅香所料，果然佳美又趁機買了許多糖果餅乾，把一袋袋採購的東西搬上車時，佳美是最開心的那個人。

「呵呵！雅香，沒有關係啦！小孩子就是需要糖分啊！而且佳美平常也不會要求要買什麼，一點糖果餅乾沒關係啦！」熊叔叔笑著勸雅香不要在意。

「她早上知道今天要來逛大賣場就超開心的，只有這時候準備出門的動作最快，一下就換好衣服了。」

「哎唷！媽媽，我會慢慢吃的啦！還會帶去分給雨庭和明誠呀！熊叔叔，我們快回去煮飯！」佳美好雀躍。

「好好，那就上車、回家煮飯囉！今天熊叔叔煮拿手的燉飯！」

「喔耶！太好了！」

回到熊叔叔家，佳美和熊叔叔都穿上圍裙，今天佳美是小幫手，要媽媽只要好好休息，等著享用午餐就好了。

這天午餐好豐盛，雖然是在家煮的，但是跟餐廳一樣豪華呢！熊叔叔用番茄和起司變成一道前菜，還有沙拉和蔬菜燉飯，最後的甜點是熊叔叔前一晚就準備好的。大家都吃得好開心、好滿足。

佳美還是最喜歡和媽媽相處的時光了，媽媽知道自己從小到大的每一件事情：自己每個階段最要好的朋友；自己暗戀過的男生；甚至是自己最喜歡的故事書。

而且媽媽因為要準備廣播小說，所以都要進行很多閱讀和思考，這也讓媽

媽是一個思想很多元的人，什麼都可以聊，一點都不是只知道盯小孩成績的枯燥媽媽！

不管之前發生過什麼事，都不重要了，畢竟佳美和媽媽已經擁有幸福的生活。

唯一就是媽媽不知道哥哥已經夭折了，佳美決定不讓媽媽知道這件事，終於輪到自己保護媽媽了。

台灣終於脫離了暴風圈，最後的強大水氣帶來的豪雨也度過之後，天氣一轉好，奶奶就說要約一天來家裡吃午餐。奶奶的身分已經不是祕密了，媽媽也不需要再防備佳美和奶奶有任何交集，所以這是第一次，婆婆以佳美的奶奶身分出現。

午餐約定到來的這天，佳美和媽媽一早就到市場採買，回到家，佳美幫著媽媽一起料理午餐。

炒了幾道菜、電鍋裡的白飯才剛好，奶奶就按門鈴了。

「妳奶奶到了，妳去幫忙開門吧！」雅香邊說，邊把菜端到餐桌上。

「好。」

佳美開了門，有點不自在的鄭重的叫了婆婆一直以來該有的稱謂。

「奶奶，妳來了。」

奶奶依然衣著整潔優雅，手上提了一包東西，這天的神情顯得有些緊張嚴肅。

「佳美，奶奶會不會太早來了？」

「不會呀！剛好都煮好了。」佳美遞了一雙室內拖鞋給奶奶，奶奶進門之後，把那一包東西放在沙發上。

「媽，妳來了，來這邊坐吧！剛好要開飯了。」雅香也有點不自在的招呼著。

這是第一次佳美聽到媽媽和奶奶說話的口氣，聽起來有點像兩人吵架之後

剛剛和好的尷尬感覺。

三人就座之後，就準備開動了。

「唉呀！準備這麼多菜，簡單幾道就可以了呀！」奶奶說。

「這幾天天氣不好沒出門，三餐都簡單吃，雖然現在菜價比較貴，但還是要多吃一點營養的。」雅香說。

「我們開動吧！肚子好餓喔！」佳美故意以興奮的語氣說著，但是好像也沒能讓氣氛自在一點。

三人靜靜的挾菜，氣氛靜得詭異，只有碗筷輕微的碰撞聲和廚房爐子上正在煮的湯發出煮沸的泡泡聲。

「湯應該好了，我去把湯端出來。」

雅香站起身就走去廚房端湯。

「雅香啊！彥雄他後來一直過得很痛苦啊！」

奶奶突然冒出這麼一句話。

「彥雄」是爸爸的名字，佳美寫過無數封信，都是署名要給「彥雄」的。

佳美看著媽媽，媽媽背對餐廳，靜靜的對著湯鍋，沒有說話。

「彥雄他其實很善良，想到妳身體狀況這樣，又要單獨撫養女兒，他一直覺得很愧疚。畢竟當時你們是因為我才分開，彥雄還是很喜歡妳呀！慢慢的，他變得比較常喝酒，等到我發現事情不對勁的時候，彥雄已經酒精成癮了。」

奶奶一口氣說出這些，但是佳美知道，奶奶一定是下了很大的決心才有勇氣這樣說。

「嗯！這樣啊！」媽媽攪拌著鍋裡的湯，隨意的應和著。

「妳知道，喝酒就是不好，身體搞壞了，常常大白天的也喝得很醉。六年前，那一天我還記得很清楚……」

奶奶的聲音有些顫抖，佳美發現媽媽的背影變得很僵硬，也在害怕不知道奶奶接著要說什麼。

「六年前，那天晚上彥雄不知道又跑去哪裡喝酒。其實他常常都這樣，但是那天我感覺特別不對勁。一直到凌晨，就接到電話通知，他喝醉之後在馬路上亂走，就這樣走到馬路中間，晚上車子比較少，也都會開得比較快，就出車禍了。彥雄就這樣……不在了……」

已經六年了，但是提到自己的兒子是怎樣出車禍過世的，奶奶還是忍不住悲從中來，掉下眼淚。

佳美覺得一點食慾都沒有了，原來事情還沒結束！原來還有一個真相，而且竟然是爸爸的逝世！

「我雖然沒有把這件事告訴妳，但是妳知道我有多自責！每天都睡不好！所以我才希望補償妳，開始來找妳，希望可以加入妳跟佳美的生活，還有跟妳說在八里的兒子現在長得怎麼樣了。」

哥哥？奶奶不是已經知道哥哥在嬰兒的時候就夭折了嗎？要怎麼每個月來找媽媽的時候都跟媽媽說哥哥成長生活的進度？又是謊言！媽媽一直被奶奶欺騙。

「妳每個月也都給兒子生活費，託我拿到八里。那些錢我都沒動，都存起來，今天都帶過來了。」

原來今天奶奶提的包包裡面是錢，已經這麼多年了，想必是一筆不小的數目，難怪奶奶今天到的時候看起來格外謹慎。

「雅香啊！那個小孩是被送到八里沒錯，可是身體很差啊！不到一個禮拜就過世了，聽說沒有痛苦啊！小孩子，發燒到暈過去了，就再也沒有醒來過，沒有痛苦的走了。現在才告訴妳這些，是因為我看到佳美這麼貼心懂事，可以陪妳、照顧妳，這些錢就給佳美上大學用，我全部都帶過來了。」

雅香一動也不動，好像就一直盯著爐子上的那鍋湯怔怔看著。只聽到奶奶啜泣的聲音，佳美覺得好像過了好久，自己也不知道該怎麼辦。

這些雖然都是不好的消息，可是在心裡面，這些過往的風風雨雨早就放下了，只想和媽媽快樂生活而已，但是媽媽和爸爸相處過、哥哥在媽媽的肚子裡待了十個月，這些人和媽媽有緊密的關係，媽媽要怎麼接受這一切？

終於，媽媽開口了，說出來的話卻出乎意料，沒有憤怒、沒有悲傷。

「今天煮的是魚湯，這是比較高檔的魚，我跟那攤買魚很多年了，他才會算我這條魚這麼便宜，很鮮甜，等一下大家都要多喝一點喔！」說著就把湯端來餐桌。

佳美注意到媽媽眼眶紅紅的，但是眼神很柔和。

「雅香，妳……妳不怪我嗎？」

奶奶不敢相信雅香的反應這麼平靜。

「媽，都過去了，事情都過去了。我工作很穩定，佳美這麼懂事貼心，而且現在我相信佳美會有一個很疼她的奶奶。沒事了呀！不是嗎？」雅香說著又有點激動，但是那是一種苦盡甘來的情緒，一種放下的勇氣。

奶奶的眼淚又開始掉了，佳美也因為心疼媽媽覺得想哭，三人都紅著眼眶看著彼此，突然，雅香噗哧笑了出來。

「人生這麼短，我們真的不要去計較那些了，大家祕密都藏來藏去的，最後還不是都說出來，還得聚在一起哭得唏哩嘩啦的，真是有點好笑耶！」

奶奶沒想到自己終於說出這個嚴肅的祕密，卻好像顯得之前太戲劇化了，又看見雅香這樣釋懷的開著玩笑，覺得好像真的有點好笑，也就擦擦眼淚，跟著笑了出來。

佳美也跟著笑了，因為看見大人這樣先是嚴肅，然後又哭又笑的，真是有點滑稽呀！但是佳美知道，媽媽不是不在意爸爸和哥哥，而是用了最大的包容來接納奶奶說的真相，畢竟誰想過著承載太多悲傷怨恨的人生呢？

15.
愛心便當

又是新學期的開始。

八里事件之後，雨庭被家裡禁足，佳美就只有和明誠見過面，今天開學終於可以見到雨庭了！而且今天還有一件大事，就是中午的時候，媽媽會送便當到教室！

「雨庭！好久不見！真不好意思啦！害妳被禁足了！」佳美進到教室看到雨庭，馬上一個箭步衝上前道歉。

「佳美！沒關係啦！能夠陪我的好朋友度過這些事情，我覺得很榮幸。」雨庭也很開心見到佳美，根本不在意被禁足的事情。

「雨庭，妳人真好耶！要是佳美害我被禁足，我一定要她請我吃大餐，補償我啦！」明誠也加入對話。

「陳明誠，又不是你被禁足，你少在那邊出餿主意。」佳美說。

「我好期待跟你們一起到頂樓吃午餐的時光喔！月梅阿姨特地準備三份甜點喔！今天中午大家就有甜點吃了！」雨庭興奮說著。

「嘿嘿！我跟你們說喔！今天我媽媽會送便當來喔！」佳美驕傲的說著。

「妳媽媽……妳願意讓妳媽媽來了唷？」雨庭說。

上次雨庭和明誠在計程車上看到佳美的媽媽，之後佳美在電話中向雨庭和明誠解釋了一直以來的心路歷程，兩人當然一點都不覺天生沒有雙手有什麼好歧視的，也很鼓勵佳美就自在的接受媽媽。

但是沒有想到才開學第一天，佳美就決定要公開努力隱藏這麼久的事實。

整個早上的課，不只是佳美上得心不在焉，全班同學也都還沒收心，每一堂課都很躁動；老師們也都知道剛開學就是會這樣，所以課文也上得比較少，幾乎都在分享暑假旅行的故事等等。

終於到了中午，雅香準時的出現在教室門口，佳美開心的和媽媽打招呼，上前去拿便當。

雨庭和明誠已經見過佳美媽媽，所以一點都不驚訝，倒是其他同學，不出所料的有些竊竊私語。

雅香離開之後，同學各種奇怪的眼光斷續的投向佳美。

佳美看著班上其中一個五人小團體，開口說道。

「我知道你們在想什麼，我媽媽是沒有雙手沒錯，那只是因為媽媽在子宮裡的時候有臍帶纏繞的現象，才會一出生就沒有雙手，你們沒什麼好大驚小怪的。」

其他議論的同學也聽到了佳美的解釋，有點意外佳美的坦然，意識到自己這樣議論沒有意義，也就專心吃飯了。

這就換佳美意外了，原來只要坦然面對，其他人就會知道根本沒有什麼好議論的，原來事情這麼簡單，早知道就不需要隱藏得這麼辛苦了！

佳美三人終於又聚在頂樓吃午餐了，佳美打開便當盒，不再是向學校訂購的集體便當，這次的菜色看起來每一道都很好吃，還有一隻雞腿呢！

「佳美，吃家裡做的便當很不錯吧！跟妳之前向學校訂的差好多。」明誠

說。

「對呀！而且這不只是媽媽喔！是奶奶也到家裡一起做的。」

所有的祕密都釋懷之後，媽媽和奶奶重新建立起溝通的橋梁，關係越來越好。

奶奶常到家裡一起煮飯，媽媽也會在假日帶佳美到

親子五號公園，和奶奶一起野餐。

多一個親人真好！佳美得到更多的疼愛和照顧了。

三人愉快的在頂樓享用午餐，這天天氣很好，而佳美的便當更是前所未有的美味，裡面滿是包容和幸福的滋味！

16.
滿滿的愛

一間台北最具指標性的藝術展場中，這天舉辦的是一名新銳攝影師的作品展。

會場內人山人海，有對藝術極其挑剔的藝評家；有前來觀摩的攝影師；還有藝術經紀人及一般參觀民眾等等。

這名設展的新銳攝影師被譽為是最了解手部美感的人，各個年齡層及各個社會階層的人的雙手，在攝影師的鏡頭中都顯得那樣神聖且獨一無二。

當攝影師上台致詞時，現場響起如雷掌聲。

這名攝影師就是佳美，佳美在大學時就兼職當起攝影助理，畢業之後很快的嶄露頭角，已經是各界讚譽及期待未來表現的攝影師了。

「大家好，很謝謝大家來欣賞我的攝影作品。其實我從來沒有想過自己有一天會對雙手展現出的藝術線條及美感這麼著迷，這一切都要感謝我的母親，她是我見過最勇敢女性，她也用她自己的經驗教我去擁有最大的包容心。如果不是母親，我不會有一顆善於觀察和理解的心，也就無法用鏡頭捕捉雙手的美

了。另外我還要感謝我一直以來的良師益友——熊叔叔，是他幫我借到我人生中的第一台相機，也是我攝影的啟蒙，一直以來也給我很多建議和幫助。」

台下觀眾開始用眼神搜尋那位「熊叔叔」是否在現場。

「在我左前方有一位捧著花的美麗女士，各位，她就是我的母親曾雅香女士！請大家用掌聲歡迎她上台。在她身旁的就是我剛剛說的熊叔叔，請熊叔叔也一起上台。」

台下觀眾又給予熱烈的掌聲。

雅香捧著花上台，臉上驕傲又欣慰的笑容比花還要燦爛；熊叔叔穿著正式的西裝，和雅香典雅的套裝很是相襯。

佳美接過媽媽的獻花，和媽媽兩人都流下感動的淚水，互相擁抱。

自己終於有機會讓媽媽重新給自己一束花，而且是光明正大的在台上接過花束。熊叔叔也給了佳美一個擁抱，三人在台上又哭又笑，台下媒體與觀眾則是鎂光燈閃個不停。

展覽很成功，展覽期間的觀展人潮不曾稍減。

學生時期認識的好友雨庭也一直是佳美人生中的好朋友，雨庭遇到了讓她感覺安全穩定的人之後，很年輕就結婚了，夫妻倆收入頗豐、衣食無虞，但是雨庭不用

物質滿足小孩，因為她知道只有愛與關懷才是最重要的；明誠則是出國繼續進修手工藝與珠寶設計，佳美計畫和雨庭在年底到國外探望明誠，順便讓明誠當地陪，要逛很多風景名勝，享用最道地的美食！

佳美以為熊叔叔會一路升到廣告公司的高階主管，沒想到卻中年轉業，當起電影導演了！幾部短片小有名氣之後，開始企劃要把佳美媽媽的故事拍成電影。

熊叔叔以前總是說人生如戲，現在好像不只拍電影，還想讓佳美媽媽變成他人生中的「女主角」喔！

每個人或多或少都有祕密，但是更重要的是如何彼此包容與理解，因為愛能凌駕一切，這是佳美成長過程學到的最重要的一個人生體驗。

培育文化

勵志學堂系列 32

媽媽的手

作者　蕭舒婷
責任編輯　禹金華
美術編輯　蕭佩玲
封面設計　蕭佩玲

出版者　培育文化事業有限公司
信箱　yungjiuh@ms.45.hinet.net
地址　新北市汐止區大同路三段一九四號九樓之一
電話　（02）8647-3663
傳真　（02）8674-3660
劃撥帳號　18669219
CVS代理　美璟文化有限公司
TEL／(02)27239968
FAX／(02)27239668

總經銷：永續圖書有限公司
永續圖書線上購物網
www.foreverbooks.com.tw

法律顧問　方圓法律事務所　涂成樞律師
出版日期　2012年11月

國家圖書館出版品預行編目資料

媽媽的手 / 蕭舒婷著. -- 初版.
-- 新北市 : 培育文化, 民101.11
面 ; 　公分. -- (勵志學堂 ; 32)
ISBN 978-986-6439-90-2(平裝)
859.6　　101018188

※為保障您的權益，每一項資料請務必確實填寫，謝謝！

姓名		性別	□男 □女
生日	年 月 日	年齡	
住宅地址	郵遞區號□□□		
行動電話		E-mail	

學歷

□國小 □國中 □高中、高職 □專科、大學以上 □其他______

職業

□學生 □軍 □公 □教 □工 □商 □金融業
□資訊業 □服務業 □傳播業 □出版業 □自由業 □其他______

謝謝您購買本書，也請您與我們一起分享讀完本書後的心得。
務必留下您的基本資料及電子信箱，使用我們準備的免郵回函寄回，我們每月將抽出一百名回函讀者，寄出精美禮物以及享有生日當月購書優惠！想知道更多更即時的消息，歡迎加入“永續圖書粉絲團”

您也可以使用以下傳真電話或是掃描圖檔寄回本公司電子信箱，謝謝！

傳真電話：（02）8647-3660　電子信箱：yungjiuh@ms45.hinet.net

●請針對下列各項目為本書打分數，由高至低5～1分。

	5 4 3 2 1		5 4 3 2 1
1.內容題材	□□□□□	2.編排設計	□□□□□
3.封面設計	□□□□□	4.文字品質	□□□□□
5.圖片品質	□□□□□	6.裝訂印刷	□□□□□

●您購買此書的地點及店名______

●您為何會購買本書？

□被文案吸引 □喜歡封面設計 □親友推薦 □喜歡作者
□網站介紹 □其他______

●您認為什麼因素會影響您購買書籍的慾望？

□價格，並且合理定價是______ □內容文字有足夠吸引力
□作者的知名度 □是否為暢銷書籍 □封面設計、插、漫畫

●請寫下您對編輯部的期望及意見：

★請沿此線剪下傳真、掃描或寄回，謝謝您的寶貴的意見！

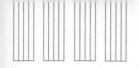

2 2 1 - 0 3

新北市汐止區大同路三段194號9樓之1

FAX：（02）8647-3660
E-mail：yungjiuh@ms45.hinet.net

廣 告 回 信
基隆郵局登記證
基隆廣字第200132號

培育

文化事業有限公司

讀者專用回函

媽媽的手

培養文化育智心靈的好選擇